Ce livre appartient à :
Marc-Antoine Fournier

LES BANDITS DES MERS

DYNAH PSYCHÉ

LES BANDITS DES MERS

ÉDITIONS
MICHEL
QUINTIN

Catalogage avant publication de Bibliothèque et Archives
nationales du Québec et Bibliothèque et Archives Canada

Psyché, Dynah

   Gaïg

   Sommaire: 1. La prophétie des Nains -- 2. La forêt de Nsaï --
3. L'appel de la mer -- 4. L'île des disparus -- 5. La lignée sacrée
-- 6. Les bandits des mers.

Pour les jeunes de 9 ans et plus.

ISBN 978-2-89435-411-7 (v. 6)

   I. Titre. II. Titre: La prophétie des Nains. III. Titre: La forêt
de Nsaï. IV. Titre: L'appel de la mer. V. Titre: L'île des disparus.
VI. Titre: La lignée sacrée. VII. Titre: Les bandits des mers.

PS8631.S82G33 2007   jC843'.6   C2007-941802-3
PS9631.S82G33 2007

Illustrations de la page couverture et des pages 7 et 9 : Boris Stoilov
Illustration de la carte : Mathieu Girard
Révision linguistique : Guy Permingeat
Infographie : Marie-Ève Boisvert, Éd. Michel Quintin

La publication de cet ouvrage a été réalisée grâce au soutien
financier du Conseil des Arts du Canada et de la SODEC.

De plus, les Éditions Michel Quintin bénéficient de l'aide
financière du gouvernement du Canada par l'entremise du
Programme d'aide au développement de l'industrie de
l'édition (PADIÉ) pour leurs activités d'édition.

Gouvernement du Québec – Programme de crédit d'impôt
pour l'édition de livres – Gestion SODEC

Tous droits de traduction et d'adaptation réservés pour tous
les pays. Toute reproduction d'un extrait quelconque de
ce livre, par procédé mécanique ou électronique, y compris
la microreproduction, est strictement interdite sans
l'autorisation écrite de l'éditeur.

ISBN 978-2-89435-411-7
Dépôt légal - Bibliothèque et Archives nationales du Québec, 2009
Dépôt légal - Bibliothèque et Archives Canada, 2009

© Copyright 2009

Éditions Michel Quintin
C.P. 340, Waterloo (Québec)
Canada J0E 2N0
Tél.:   450 539-3774
Téléc.: 450 539-4905
www.editionsmichelquintin.ca

09 - GA - 1

Imprimé au Canada

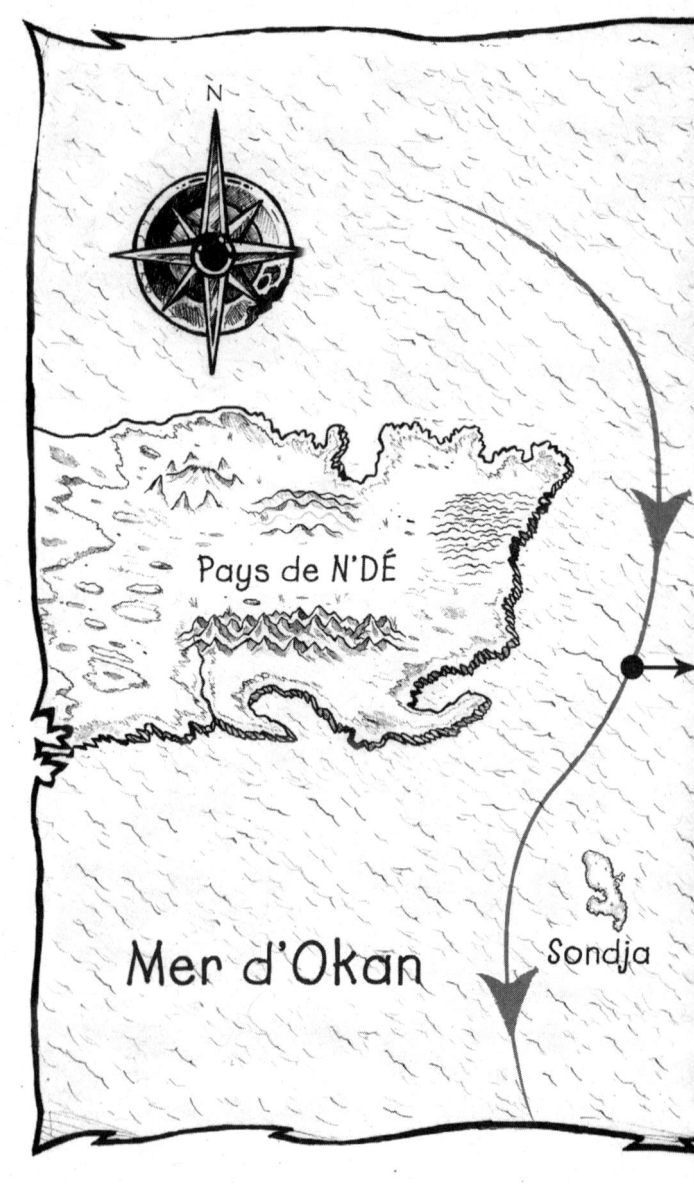

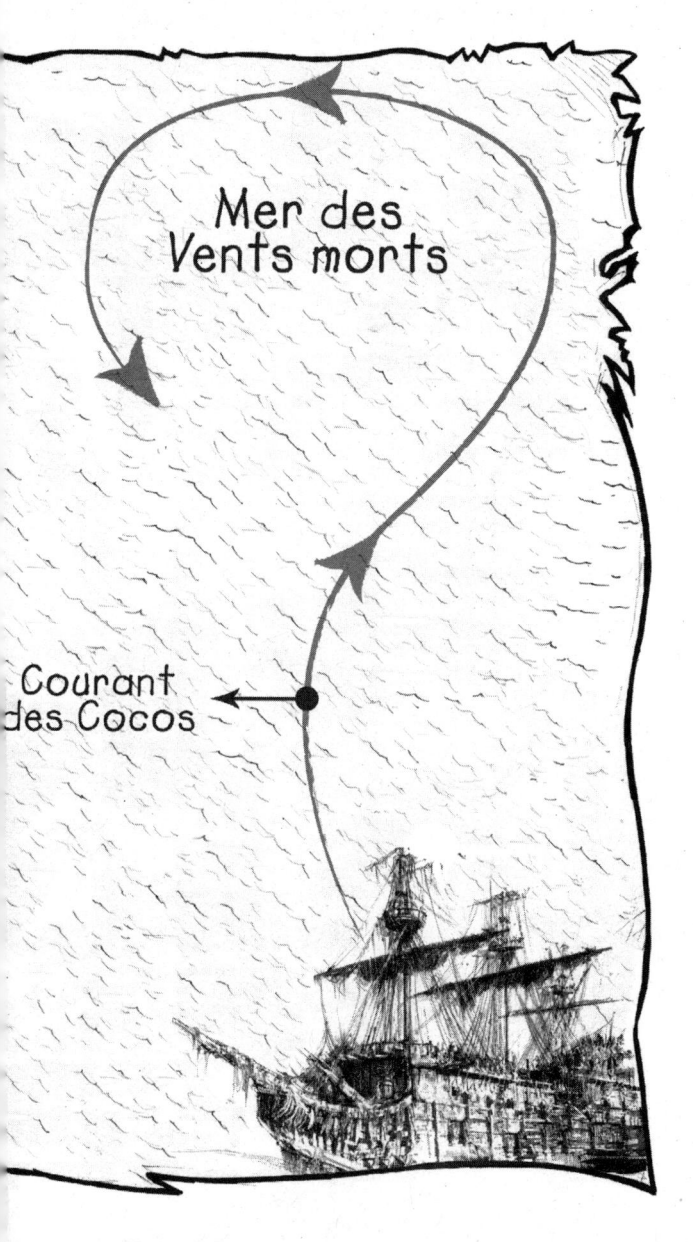

RÉSUMÉ DU TOME

LA LIGNÉE SACRÉE

Les retrouvailles avec les Kikongos se sont déroulées dans le silence des grands moments et dans la déception de l'absence, puisque Gaïg et ses compagnons manquent à l'appel, ainsi que Do. Personne ne peut expliquer leur disparition.

C'est Pilaf, un jeune Floup, mousse à bord de la *Bella-Bartoque*, qui a détaché l'amarre du bateau sur lequel ils se trouvaient.

Gaïg, de nouveau en mer, découvre, au cours d'un bain nocturne prolongé, qu'elle peut respirer sous l'eau. En même temps, elle retrouve la mémoire des événements récemment survenus. Mais, pendant ce temps, le bateau s'éloigne. Emportée par le courant des Cocos, elle arrive à la mer des Vents morts, où elle se retrouve prisonnière d'une créature étrange et susceptible, qui a nom Spongia Magna.

À la surface, Pilaf, en quête de Gaïg sur l'ordre de ses compagnons, se retrouve lui aussi pris dans le courant des Cocos avec son bateau. Flopi, le capitaine du *Sibélius*, se porte à son secours avec WaNguira et les siens.

Au moins deux Sirènes suivent les faits et gestes de Gaïg : sa grand-mère, Vaïmana l'Ancienne, et Iolani, une Sirène mâle. Iolani est responsable de la mort d'Heïa, la mère de Gaïg, à qui il a volé sa bague.

Pendant ce temps, Gaïg comprend qu'elle doit échapper à Spongia si elle ne veut pas être digérée. Mais Spongia, qui a pour habitude d'assoupir ses victimes avant de les consommer, a endormi Gaïg.

1

Pilaf, poings serrés, enfonçait ses ongles dans les paumes de ses mains, jusqu'à en avoir mal. La sueur perlait à son front et, sans qu'aucun signe ne transparût sur son visage, il se mordait l'intérieur des joues avec les canines. S'il arrivait à saigner, s'il sentait le goût de son propre sang dans sa bouche, cela voudrait dire qu'il réussirait.

Or il voulait réussir. Il ne serait pas dit qu'il devrait son salut à des tiers, fussent-ils son père, sa sœur, et tous ces Nains qu'il apercevait dans les barques qui s'approchaient. C'était son avenir de capitaine qu'il jouait là, il ne pourrait garder la tête haute que s'il libérait tout seul la *Bella-Bartoque* de l'emprise de cette mer maudite.

Et, pour s'encourager, pour garder l'espoir dans la situation quasi désespérée qui était la sienne, il avait foi en l'irrationnel : si le sang perlait, s'il percevait sur sa langue son goût âcre et légèrement salé, il gagnerait. Ce n'était qu'une question de temps, de vitesse, de vent, et… de sang !

Il avait suivi les conseils de WaNdo et il avait réussi à se maintenir en dehors des eaux trop calmes de la mer des Vents morts. Le vent n'avait guère forci depuis la veille, ou si peu, et le bateau dérivait plus qu'il n'avançait, entraîné par le courant. Mais les voiles larguées aidaient à maintenir tant bien que mal le cap sur l'est-nord-est. Avec de la patience, de la vigilance et de la chance, il sauverait la *Bella-Bartoque*.

Sauf si on venait le sauver. De cela, il ne se remettrait pas. C'est pourquoi il se mordait avec tant d'ardeur l'intérieur des joues. Si douloureuses que fussent ces morsures, il continuait, persévérant, atteignant chaque fois la limite du supportable. Ces gouttes de sang renverseraient la donne et lui assureraient la victoire.

Le soir, sur les ponts, à la lueur d'une bougie, des Plofi raconteurs d'histoires ne relateraient pas, devant des oreilles avides et moqueuses, l'humiliant remorquage de son noble voilier par deux barcasses, mais uniquement l'épopée du valeureux capitaine Pilaf, l'immortel vainqueur de la mer des Vents morts. Se faire traîner par des rameurs? Et des Nains, en plus? Plutôt mourir!

D'abord anxieux quand il avait aperçu une voile à l'horizon, il avait été soulagé lorsqu'il avait reconnu, à la lorgnette, le profil effilé du *Sibélius* de Flopi. Simplement de le savoir là, tout près, comme un compagnon compréhensif, ça l'avait requinqué. Ses compagnons également, qui ne quittaient plus l'horizon du regard.

Pilaf avait partagé ses pensées avec eux, afin de leur fournir un aperçu plus exact de la situation. Flopi était un capitaine hors pair qui ne se laisserait pas prendre dans ce vicieux courant des Cocos. Falop, son père, se trouvait à bord, Trompe aussi, sa sœur jumelle, et tous les autres, ces marins avec qui il avait appris à naviguer dès son plus jeune âge. Ça le ragaillardissait de les savoir là, il les retrouverait avec plaisir.

Ensuite, il était parti à rêver. Il les accueillerait à son bord, ils seraient séduits par son bateau, et il pourrait former son équipage. En dépouillant un peu Flopi, certes…

Il ne doutait pas un instant de l'enrôlement de sa sœur à ses côtés. Peut-être même que de temps en temps, il la laisserait exercer la fonction de capitaine…

Dès qu'il aurait accumulé suffisamment de butin pour s'acheter son propre bateau – à la construction duquel il participerait, bien sûr –, il lui offrirait la *Bella-Bartoque*, procédant comme Flopi dans le passé, avec la *Bête-au-Vent*.

Peut-être que Falop se joindrait à son équipage, lui aussi. C'était un excellent marin, ses conseils seraient précieux. Il pourrait être son second…

Pilaf avait émergé de ses rêves quand, l'œil vissé à sa longue-vue, il avait compris ce qui se tramait en face. *On* avait mis une barque à la mer, puis deux, *on* avait embarqué des cordes, et *on* venait le chercher… On avait visiblement l'intention de le remorquer. Non! Son père ne pouvait pas lui faire ça!

Le jeune Floup avait serré les mâchoires de rage et, depuis, il attendait, suppliant le vent pour qu'il forcisse. Les deux barques étaient encore loin, mais le temps passait trop vite à son gré : sous peu, elles seraient là.

La *Bella-Bartoque* se laissait toujours porter par le courant, dans une indifférence nonchalante, les voiles faseyant mollement, mais Pilaf ne lui en voulait pas. C'était la faute du vent, de la mer, de son équipage hétérogène et incapable, de son père trop inquiet, de Flopi trop…, il ne savait pas quoi, et des Nains, bien sûr, de tous ces Nains qui avaient fait leur apparition sur le *Sibélius*. D'où venaient-ils? Que désiraient-ils? Ne portaient-ils pas malheur?

Lui aussi avait trois Nains sur son bateau, accompagnés d'étranges créatures. Plus la fille bizarre qui s'était sans doute noyée... Pilaf serra les dents et les paupières avec force, se demandant s'il ne vivait pas un cauchemar depuis deux jours. Non, le cauchemar, c'était maintenant qu'il le vivait, avec ce sauvetage insupportable pour son honneur.

Au moment où WaNdo, qui s'était approché, posa la main sur son épaule, il perçut enfin le goût tant attendu sur sa langue.

Pilaf, grisé, s'enivra du goût de son propre sang, qu'il aspira voluptueusement par la minuscule entaille qu'il s'était infligée à l'intérieur de la joue. Jamais liquide ne lui avait semblé aussi délectable. « Un vampire, je suis un vampire. Mais quel vampire! Un vampire des mers! Rien de moins. Un vampire des mers qui gagne ses premiers galons. Un vampire vainqueur. Je les aurai! »

— Tu ne crois pas que nous devrions essayer une manœuvre, capitaine? demanda l'aveugle, le confortant sans le savoir dans sa décision. Mfuru me dit que le bateau d'en face a mis deux barques à la mer et qu'elles se dirigent vers nous, sans doute pour nous remorquer. Pouvons-nous leur faciliter la tâche?

Il ouvrit les yeux, considéra WaNdo un moment, puis ses compagnons en attente et sourit. Jamais il ne s'était senti aussi léger. Le sang était venu, il avait des ailes, et la *Bella-Bartoque* également. Il analysa la situation d'un rapide coup d'œil et se décida.

La manœuvre était osée, mais il la tenterait. C'était ça, ou perdre la face.

— Nous voguons actuellement vent arrière, même s'il n'y a presque pas de vent, commença-t-il. Nous allons virer, comme pour nous placer vent debout. C'est le courant qui nous fera tourner, avec la quille. Et avancer. Si nous manœuvrons habilement, il nous déportera vers l'est.

— Tu penses que ça peut marcher? interrogea WaNdo.

Il sentit les épaules de Pilaf se soulever légèrement, en signe d'ignorance.

— Puisqu'on ne peut pas compter sur le vent, utilisons l'eau. Le courant, c'est comme une rivière. Depuis hier, nous sommes sur la « rive » ouest, coincés entre la rivière et la mer des Vents morts. C'est comme si nous voulions traverser la rivière. Une fois au milieu, le courant sera plus fort, et il y aura peut-être davantage de vent. C'est risqué, c'est sûr, c'est pourquoi j'avais pas osé tenter le coup avant. Mais maintenant…

Son assurance était contagieuse. Dikélédi continua la phrase qu'il n'avait pas terminée :

— Maintenant que les autres sont là, ils nous sauveront.

WaNdo la corrigea :

— Maintenant qu'ils sont là, ce serait encore mieux si nous nous en sortions nous-mêmes. N'est-ce-pas, capitaine?

Pilaf ne put s'empêcher de le regarder. Comment avait-il deviné? Ce vieux Nain aveugle et sans oreilles, pas beau au demeurant, savait décidément tout. Mais il avait toujours bien agi envers lui, il l'avait encouragé la veille alors que sa volonté fléchissait, et Pilaf avait confiance en lui.

Puisqu'il ne pouvait pas le tromper, autant jouer franc-jeu.

— Absolument, répondit-il avec une certitude toute neuve, en se passant la langue sur les lèvres. Nous passerons devant eux, et nous les remorquerons s'il le faut.

AtaEnsic, Dikélédi et Winifrid, visiblement dubitatives, s'apprêtaient sans doute à le rappeler à la raison, mais elles n'en eurent pas le temps.

— Que faut-il faire, capitaine? cria Loki, se dirigeant vers la proue pour revenir aussitôt sur ses pas. Virer *lof* pour *lof*?

Pilaf sourit de l'expression, apparemment employée de façon si naturelle. Elle était destinée surtout à épater les autres, et Loki se fichait bien de son véritable sens. Finalement, il n'était pas si déplaisant, son équipage improvisé. Depuis la veille, ses compagnons avaient tous essayé de l'aider, aucun ne lui avait fait de reproche sur une quelconque incompétence de sa part en matière de navigation. Puisqu'ils avaient confiance en leur capitaine, il allait s'en montrer digne.

Il donna les ordres nécessaires, attendant anxieusement les réactions de *sa* goélette. Cette dernière ne répondait pas, elle se laissait aller. On aurait même dit qu'elle se déportait vers la mer des Vents morts.

Pilaf, mort d'angoisse, observait le bateau. Il fallait que sa manœuvre fonctionne. Et elle fonctionnerait, puisqu'il avait perçu le goût du sang sur sa langue. Pour conjurer le mauvais sort, il se mordit une nouvelle fois.

Il fut sans doute le seul à percevoir le furtif frémissement le long de la coque, avant que le bâtiment ne commence à bouger. Il vit la proue se déplacer, tourner lentement et, comme la goélette se mouvait nonchalamment, il entendit les voiles faseyer plus fort, comme contrariées par le changement qu'on leur imposait. Quand il les vit se tendre légèrement, il sut qu'il gagnerait. Il poursuivit la manœuvre, porté par un enthousiasme tout neuf.

Une fois le cap à l'est, il fut étonné de la facilité avec laquelle le bâtiment progressait. Ce n'était pas une bien grande vitesse, certes, mais c'était mille fois mieux qu'avant… Pourquoi n'avait-il pas tenté cette manœuvre plus tôt? « Je n'étais pas assez désespéré » pensa-t-il.

— Alors, capitaine, on s'en est sorti? demanda WaNdo. Je sens que ça bouge.

— Pas encore, mais presque, répondit-il fièrement.

Il ne voulait pas crier victoire trop vite. Cependant, on ne pouvait nier qu'ils avançaient. Les barques se trouvaient encore à une bonne distance, mais leurs passagers avaient arrêté de ramer. Maintenant, on les distinguait mieux et, avec la longue-vue, Pilaf ne put s'empêcher de garder la mise au point sur son père et sa sœur.

Trompe, visiblement, se réjouissait ouvertement du succès de son frère. À travers les gestes échangés avec leur père, Pilaf comprenait qu'elle partageait son succès, qu'elle le faisait sien, et qu'elle convainquait son père qu'il était digne d'admiration.

Le père en question était perplexe, un peu dépassé par la tournure prise par les événements, partagé entre la fierté et le désir de protéger encore son enfant. Enfin, protéger… Cela faisait déjà sept ans qu'il ne le protégeait plus, son petit garçon… Depuis qu'il avait été capturé par les Hommes…

À leur contact, celui-ci s'était endurci, il avait appris à naviguer, et maintenant qu'il était devenu un vrai marin, un Floup, il revenait parmi les siens, à la barre de son propre bateau, de surcroît. Ah, si Flanel était encore en vie…

Falop se sentait ému. D'abord inquiet quand il avait compris, grâce au récit de Kodjo, que le bateau sur lequel se trouvait son fils unique naviguait dans le courant des Cocos, il n'avait eu de cesse qu'il ne vole à son secours. En apercevant la *Bella-Bartoque* presque immobile à l'horizon, il s'était senti prêt à donner sa vie pour sauver Pilaf.

Au moment où il avait déclaré à Flopi qu'il le rejoindrait en barque, il n'avait encore établi aucun plan. Mais il savait qu'une fois à bord, il ferait tout pour libérer le bâtiment de cette mer maudite et arracher son fils à une mort lente et oppressante.

Et voilà que le petit sacripant avait réussi à se tirer d'affaire, sans l'aide de personne. Le connaissant, Falop savait bien que la mise à l'eau des deux barques avait été l'élément déclencheur. Le bougre avait senti qu'il y allait de son honneur futur, et il avait réagi en conséquence. Tant pis pour le dérangement causé. Après tout, il n'avait rien demandé à personne…

Pourtant, vu son jeune âge, on lui aurait bien pardonné cette mésaventure. Voyant que Falop avait arrêté de ramer, Mukutu et Macény agirent de même, puis ceux de la deuxième barque. Ils guettaient tous la lente avancée de la goélette, qui n'en était que plus majestueuse.

Macény n'en pouvait plus, d'attendre. Comme elle n'avait pas besoin de ramer, elle saisit la longue-vue qu'elle avait pris soin d'emporter avec elle. Elle identifia Do immédiatement. Comme il avait vieilli!

Elle n'ignorait rien de son état, elle avait posé de multiples questions à ses frères Kikongos, pour se préparer mentalement, prétendait-elle. Ils avaient toujours fait preuve de patience et de doigté pour lui répondre. Mais en le voyant là, sur le pont, si petit, si fragile, son cœur se serrait. Qu'avaient-ils fait de son époux, les Hommes? Ces misérables étaient des êtres ignobles, haïssables et effrayants, et elle les détestait de tout son cœur.

Elle promenait sa lorgnette alternativement de Do à Mfuru, sans un mot. Elle voyait que le fils parlait au père sans arrêt, il devait lui décrire le déroulement des événements. Sa petite tortue adorée, si gentille, si serviable, si calme, si discrète…

Mukutu aurait bien aimé jeter un coup d'œil rapproché, lui aussi, mais comprenant ce qui se passait, il gardait, péniblement, un silence discret et respectueux, n'osant réclamer son tour de lorgnette.

Un bon moment s'écoula encore. Finalement, Mukutu serra tendrement l'épaule de Macény, pour attirer son attention.

— M'est-avis qu'tu peux laisser cette machine maint'nant, Macény. On les voit aussi bien sans elle. R'garde.

La Naine abaissa la longue-vue, appréhenda la situation d'un coup d'œil froid, et replaça l'objet sur son œil.

— Je les vois mieux avec, dit-elle simplement.

Elle s'absorba dans la contemplation de son époux, se plaisant à reconnaître ses traits, examinant ses rides, détaillant sa silhouette, ses mains noueuses, évitant les oreilles absentes puis y revenant malgré elle. Il était devenu un vieillard, maigre et voûté.

Trompe, debout, s'agitait frénétiquement, faisant des signes à son frère. Falop aussi s'était dressé sur ses jambes, impatient, mais cela ne dérangeait nullement Macény. Perdue dans la contemplation de son amour, bouleversée de le retrouver vivant, elle trouvait qu'il avait toujours les plus beaux yeux du monde.

2

Lorsque Vaïmana l'Ancienne avait décidé de rejoindre Gaïg, elle n'avait pas la moindre idée de l'endroit où se trouvait cette dernière. Au moment de s'engager dans le combat contre Iolani, la veille au matin, elle s'était assurée du coin de l'œil de sa fuite. Gaïg avait dû remonter sur son bateau, pensait-elle. Grâce aux anneaux, elle n'aurait pas de mal à retrouver sa petite-fille. Une fois le bateau localisé, elle tâcherait de ne plus perdre sa trace, jusqu'à ce qu'il revienne à terre.

Elle se concentrait tour à tour sur Gaïg et sur ses bagues, sans pouvoir déterminer sa position. Elle voyait de l'eau, certes, c'était normal, mais toutes ces algues… Le bateau aurait-il été entraîné vers la mer des Disparitions? Celle que les marins appelaient la mer des Vents morts? Mais pourquoi l'impression que les anneaux se trouvaient *dans* l'eau persistait-elle ainsi?

Gaïg n'aurait pas pu se baigner, c'était trop encombré, là-bas. Il y avait tellement d'algues et de végétaux divers qu'on ne pouvait pas s'y déplacer. Ceux qui y pénétraient n'en revenaient jamais, d'où son nom de mer des Disparitions. Toutes les jeunes Sirènes y étaient conduites au moins une fois dans leur vie, dûment accompagnées d'adultes expérimentées, afin de satisfaire leur curiosité tout en les dégoûtant à jamais d'y entrer.

À cette occasion, on leur parlait même des Aranas qui y vivaient, ces Sirènes venimeuses à l'apparence de noyés que les Nains appelaient Vodianoïs. Elles vivaient aussi bien en eau douce qu'en eau salée, et il arrivait que certaines s'installent momentanément dans les eaux opaques et croupies de la mer des Disparitions. On ne leur précisait pas que les Aranas, pour hideuses qu'elles fussent, n'étaient pas spécialement agressives. Elles étaient simplement repoussantes, dans leur laideur puante. Évidemment, pour qui se risquait à les attaquer, elles disposaient du plus puissant venin existant, celui dont on ne guérissait généralement pas et qui immunisait les rares survivants à leurs morsures contre tous les autres poisons de la Création.

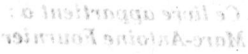

Les bateaux non plus ne sortaient pas de cette mer où il était impossible de naviguer. Si Gaïg s'y trouvait, elle était en mauvaise posture. D'autant plus que la nuit tombait. Même en appelant à la rescousse toutes les Sirènes des océans, il serait impossible de remorquer le bâtiment, pensait Vaïmana. Enfin, tout dépendait de sa position…

Elle se concentrait, s'interrogeant sur le meilleur endroit où commencer ses recherches, quand apparut Shitaké, surnommée la *Murène-étoilée*.

Elle était superbe, Shitaké. Des tâches couleur sable doré, cerclées de noir, composaient des dessins circulaires qui se détachaient sur la blancheur nacrée de sa peau lisse.

* * *

Bien que solitaire – contrairement aux Murènes de la colonie de Ranitaké, qui vivaient ensemble depuis une éternité, commentant abondamment le moindre événement nouveau survenu en mer –, Shitaké était une des plus anciennes amies de Vaïmana, au même titre que Ranitaké, d'ailleurs.

Les deux peuples, celui des Sirènes et des Murènes, avaient toujours fait bon ménage. Ils pouvaient cohabiter sans problème et ne craignaient pas de se mélanger, de partager un repas à l'occasion, de faire un brin de causette ou d'échanger des informations.

Mais, alors que les Murènes affectionnaient les cavités rocailleuses des littoraux dans lesquelles elles pouvaient se dissimuler dans l'attente d'une proie, les Sirènes, elles, préféraient évoluer dans les eaux profondes et désertes du grand large.

Il est vrai que les Murènes ne craignaient guère les Hommes. Les Sirènes, discrètes, ne se laissaient guère apercevoir par ces derniers, au point que certains ignoraient jusqu'à leur existence, ou ne voulaient pas y croire. Il n'y avait que les marins pour certifier en avoir vu, mais leur imagination débordante, exacerbée par la boisson, n'était un secret pour personne.

Pour les Hommes des terres, les Sirènes relevaient le plus souvent de la mythologie marine des matelots, au même titre que les calmars géants, les requins géants, les serpents de mer géants, et toutes les autres créatures géantes issues de leurs élucubrations éthyliques.

Les Murènes, elles, ne laissaient planer aucun doute quant à leur existence. Plus visibles puisque vivant dans les anfractuosités des rochers le long des côtes, plus sanguinaires aussi dans la mesure où elles mordaient férocement en cas d'attaque, elles représentaient pour les Hommes le type même de la créature cruelle qu'il ne fallait pas laisser vivre.

Mais peu leur importait cette déplaisante image de marque : avec leur deuxième mâchoire, en arrière de la première, elles se défendaient très bien et avaient déjà arraché qui un doigt, qui un orteil, qui un morceau de chair à un endroit quelconque à plus d'un pêcheur.

Néanmoins, pour Vaïmana, Ranitaké et sa colonie représentaient l'armée qui avait obligeamment volé au secours d'Heïa, quand cette dernière avait été attaquée par Iolani. Même si Heïa n'avait pas survécu, l'Ancienne avait d'autant moins oublié la générosité du geste que Ranitaké et les siennes avaient ensuite émigré dans la baie d'Onaku, en face du village de Gaïg.

Elles avaient déclaré que c'était pour le plaisir de changer de baie, mais Vaïmana était certaine qu'elles étaient au courant, pour Gaïg. Elles avaient dû assister à sa venue au monde après avoir secouru Heïa et chassé Iolani. Et sans doute avaient-elles vu Otahi remettre le bébé à la Naine…

Le fait est qu'elles informaient toujours Vaïmana des faits et gestes de la fille qui nageait si bien dans la baie d'Onaku. Leur installation dans ces nouvelles eaux ne s'était pas faite sans dommage, d'ailleurs.

C'est à cette époque-là que Potini, le poulpe, avait perdu la moitié du tentacule qu'il laissait nonchalamment flotter devant sa caverne, et qui avait attiré l'attention d'un couple de Murènes, Saké et Takakoké, en quête d'un logement.

Elles avaient trouvé l'habitat à leur goût et avaient voulu en déloger Potini. Qui s'était accroché à ses rochers de toute la succion de ses ventouses, bien sûr. En laissant flotter devant leur nez, histoire de les narguer, ce huitième tentacule. Que Saké, jeune et impatiente, avait eu le temps de sectionner d'un coup de dent et d'avaler, avant que Ranitaké n'intervienne.

Non que Ranitaké ne mangeât pas de poulpe. Mais des petits… Et puis pas ceux de la baie dans laquelle ils désiraient vivre désormais… Il valait mieux se faire accepter des habitants des lieux, en ne délogeant personne et en allant chasser dans des eaux plus éloignées.

Elle avait demandé à Saké et à Takakoké de chercher un autre nid pour abriter leurs amours, et de laisser Potini en paix. Elle s'était excusée auprès de lui pour leur brutalité vorace, mais elle avait reçu, en guise de réponse, un jet d'encre en pleine face. Ce qui était de bonne guerre.

Par la suite, les Murènes avaient vécu en bonne intelligence avec Potini, à condition de ne pas approcher trop près de son repaire, auquel cas, il vidait dans l'eau toute sa provision d'encre. Il ne regretterait jamais assez de ne pas l'avoir fait pour Saké. Mais il ne voulait pas fuir, il voulait garder sa caverne, défendre son territoire, en somme.

Ranitaké et sa colonie de Murènes, Potini avec ses sept tentacules et demi, tout le petit monde sous-marin de la baie avait constitué un précieux réseau de renseignements pour Vaïmana, l'informant des faits et gestes de la nageuse d'Onaku, sans jamais la nommer par son nom. En y réfléchissant, Vaïmana se demandait si Otahi n'avait pas donné aux habitants d'Onaku la mission de veiller discrètement sur Gaïg…

Comme elle aurait aimé les avoir à ses côtés maintenant! La rossée qu'elle avait donnée à Iolani se serait révélée encore plus cuisante, accompagnée de quelques morsures…

* * *

Après ce temps de repos et de réflexion, la visite de Shitaké était la bienvenue, avant de se remettre en route.

Sauf que cette dernière avait l'air bien agitée. Que se passait-il encore?

— *Je te cherchais, Vaïmana très chère. Je reviens de la mer des Disparitions...*

— Tu persistes à fréquenter des lieux dangereux, je vois...

— *Dangereux pour qui, très chère? Tu sais bien que je me faufile partout...*

— Certes. Mais l'eau n'est pas très bonne, là-bas... Elle ne se renouvelle pas beaucoup.

— *Ah, ma chère, je dois avoir une certaine résistance, alors. J'y vais régulièrement, c'est mon garde-manger préféré. Tu sais, ces algues géantes dont je raffole...*

— J'ai du mal à croire que tu te cantonnes à la périphérie, Shitaké chérie...

— *Oh, je me promène un peu dedans, bien sûr. C'est un lieu plein de surprises, très chère. Et pas seulement sur les bords...*

— Je suppose que j'aurais du mal à y pénétrer et à m'y déplacer... Les rares fois où j'ai essayé, j'ai vite renoncé. Il est vrai que nous n'avons pas tout à fait la même morphologie...

Elles s'esclaffèrent toutes les deux, à l'idée de la comparaison physique. Vaïmana reprit :

— On se croirait sur terre, tellement c'est encombré. On risque l'écrasement à tout moment. On trouve de tout, là-dedans...

— *Encore plus que tu ne penses, très chère... Tu te souviens de Spongia Magna? Cette énorme chose si... euh... sympathique, qui est à la base de ce chaos?*

— Elle est toujours en vie? Elle a l'intention d'envahir l'océan? Elle était énorme quand je n'étais encore qu'une enfant. Il est vrai qu'elle avait déjà arrêté pas mal de débris, charroyés par le courant. Bien malgré elle, d'ailleurs...

— *Non seulement elle est en vie, très chère, mais elle se reproduit. Elle bourgeonne à qui mieux mieux, et ses rejetons n'aident pas à améliorer la situation, puisqu'ils accrochent toutes sortes de débris, eux aussi. Tu as raison, ma chère, ils vont envahir l'océan Moana.*

— Elle doit être tout au centre de cet amas de choses diverses, non?

— *Ah, ma chère, elle n'est plus vraiment au centre, maintenant, avec tous ces bourgeons qu'elle a envoyés. Elle est partout!*

— Et tu peux te faufiler jusqu'à elle?

— *Il faut croire que je ne suis pas la seule, très chère... Sauf que moi, je ne la pénètre pas.*

Shitaké se tut, devenue soudain sérieuse. Sans savoir, le sang de Vaïmana ne fit qu'un tour. Non, ce n'était pas possible... Shitaké continua.

— *Je n'en suis pas sûre, très chère, mais tu sais, cette petite nageuse d'Onaku que tu aimais tant voir évoluer sous l'eau…*

— Mais… qu'est-ce qu'elle fait là?

Vaïmana était interloquée.

— *Je n'en sais rien, très chère, j'ignore même comment elle est arrivée là. Elle se trouve dans Spongia! À l'intérieur! J'ai écouté une partie de leur conversation. J'ai pensé qu'il valait mieux t'avertir, ma chère.*

— J'y vais. Tu m'accompagnes? C'est loin, quand même. Une nuit de nage?

— *Oh, en se plaçant au cœur du courant, très chère, nous avancerons beaucoup plus vite.*

Vaïmana devina, à la lumière de cette réplique, ce qui avait dû arriver à Gaïg. Elle avait senti les remous provoqués par le combat avec Iolani, s'était éloignée, et s'était retrouvée prise dans le courant. Mais de là à aboutir à l'intérieur de Spongia, il y avait un monde.

Qu'était-il arrivé? Et comment la sortir de là, maintenant? L'Ancienne n'était même pas sûre de pouvoir atteindre Spongia Magna… Elle qui avait toujours été si fière de sa grande taille, se rendait compte que celle-ci pouvait aussi constituer un inconvénient.

Si sa constitution représentait un atout pour impressionner les Sirènes mâles et les maintenir à leur place – encore que Vaïmana en doutât : rien, à vrai dire, n'intimidait les mâles, en dehors de la force physique brute mise en jeu lors d'une bataille –, elle s'apercevait à ce jour de l'embarras que pouvait créer un physique trop imposant.

Vaïmana soupira, le cœur plein d'angoisse, puis se mit en route pour la mer des Disparitions, accompagnée de son amie.

3

Gaïg, endormie par les massages onctueux de Spongia, se réveilla brusquement, enserrée dans un tube rigide aux parois lisses et douces. Elle n'était pas certaine de bien comprendre ce qui lui arrivait et la peur l'envahit immédiatement. Spongia était-elle en train de la digérer? Elle avait bien dit qu'elle endormait ses proies dans ce but. Gaïg avait la gorge serrée par l'angoisse et l'esprit paralysé par la terreur. Elle allait mourir.

Il n'y avait pas suffisamment d'espace autour d'elle pour pouvoir bouger, elle ne pouvait qu'avancer ou reculer. Non, reculer était impossible, elle était poussée malgré elle vers l'avant. Ou plutôt, emportée. Par l'eau. Qu'est-ce que cela signifiait?

Elle n'avait aucune idée du temps pendant lequel elle avait dormi. La paroi contre laquelle

elle se mouvait ne présentait aucune aspérité à laquelle s'agripper. De toute façon, le courant qui l'entraînait était tellement fort qu'elle ne serait pas restée longtemps accrochée. Se pouvait-il que Spongia l'ait endormie pour l'amener dans ce dernier tube auquel elle avait fait allusion, qui conduisait à l'extérieur? Mais alors, elle serait libre?

Gaïg n'osait y croire. Pendant un bref instant, elle se demanda où était le piège. Il était plus probable que Spongia fût en train de la digérer… Mais elle s'en rendrait compte, quand même! Or, elle se sentait entière, ne baignant même pas dans un liquide opaque et immonde qui serait le contenu de l'estomac de Spongia. L'eau était on ne peut plus claire autour d'elle.

La perplexité envahit Gaïg une fois de plus. Elle n'avait certes pas le choix de sa direction, mais en quoi cela l'aurait-il aidée? Reculer, revenir en arrière, c'était se retrouver exposée aux bombardements douloureux des boules d'eau dont Spongia détenait le secret. Avancer, c'était l'espoir de la liberté.

Gaïg se laissait porter sans opposer de résistance, tout en réfléchissant. Si elle sortait de ce conduit, elle se dépêcherait de rejoindre la surface, afin de se retrouver à l'air libre. Puis elle se mettrait en quête d'un bateau, ou d'une terre.

Enfin… Elle se contenterait de flotter jusqu'à ce que quelque chose se présente…

Elle ne pouvait guère aller plus loin dans ses projets, ne sachant même pas où elle aboutirait. Spongia avait dit que son dernier tube allait vers le sud, et elle avait aussi précisé qu'il avait bourgeonné. Gaïg frémit. Et si son extrémité était close? Mais Spongia ne l'aurait pas introduite dans un tube qu'elle savait sans issue! Encore que…

Aux prises avec un problème insoluble, Gaïg se sentit découragée. Quand tout cela finirait-il? Et comment?

Le courant intérieur de Spongia continuait à l'entraîner. Bien qu'elle éprouvât un vif désir de se retrouver en eau libre, elle savait que c'était impossible. Il aurait fallu faire une incision dans ce tube interminable, or elle ne disposait d'aucun instrument acéré. Et puis, elle avançait tellement vite…

De toute façon, sortir ne présentait pas grand intérêt, si c'était pour se retrouver dans une mer encombrée d'algues et de morceaux de bois. Elle n'irait pas bien loin, et tout serait à recommencer.

Gaïg vivait un cauchemar. Le « voyage » durait depuis un bon moment déjà. En y ajoutant le temps qu'elle avait passé à dormir, elle avait dû parcourir une très grande distance.

Longtemps après, Gaïg se rendit compte qu'elle progressait moins vite. Le courant avait décru, le tube avait rétréci, elle y était beaucoup plus à l'étroit. Elle eut l'intuition que la fin du « voyage » était proche.

Au bout d'un moment, elle n'avança plus. L'étroitesse du conduit interdisait tout mouvement, et Gaïg se demandait si elle devait attendre ou essayer de continuer, quitte à forcer un peu le passage. Mais comment Spongia prendrait-elle la chose, si elle la blessait ?

À défaut de ses projectiles, elle inventerait une nouvelle torture. Or Gaïg se disait qu'elle ne pourrait rester là éternellement, coincée dans cet étroit conduit. Elle essaya d'avancer, progressa un peu, puis se retrouva de nouveau coincée, comme dans une poche : elle occupait tout l'espace, il n'y avait plus de place pour que l'eau circule autour d'elle.

Gaïg sentait monter l'anxiété et, pour tout dire, la peur. Elle se mit à gigoter malgré elle, à essayer d'écarter les parois qui l'enserraient et, dans un mouvement d'énervement, elle colla volontairement la main qui portait les anneaux de Nyanga contre l'intérieur de Spongia.

Elle sentit la contraction de l'organe dans lequel elle se trouvait, mais ne retira pas sa main. Elle ne pouvait demeurer ainsi, prisonnière de ce tube sous-marin, il fallait qu'il se passe quelque chose, et si elle devait en mourir, eh bien, tant pis! Elle ne se rendrait pas sans essayer de combattre, mais, si la mort était au bout, elle souhaitait que les choses aillent rapidement.

Tout d'un coup, elle en avait assez de vivre, elle était fatiguée de toutes ces aventures et elle aspirait au repos. Mourir pour mourir, que ça se passe vite, et qu'on n'en parle plus. Mais elle ne périrait pas lentement, étouffée dans ce tube infernal, sans avoir rien tenté pour se libérer.

Les pensées défilaient dans sa tête, en même temps que la souffrance physique l'atteignait dans son corps. Spongia contractait et relâchait tour à tour le tube, sous l'effet de la brûlure. Mais Gaïg gardait sa main fermement collée à la paroi, bien que n'ayant rien à quoi se raccrocher. Elle se concentrait de toutes ses forces sur sa bague, comme si celle-ci pouvait la sauver, déchirer l'enveloppe dans laquelle elle était maintenue prisonnière et la libérer.

Maintenant, le tube se débattait, on aurait dit qu'il essayait de s'arracher du sol auquel il était accroché, pour échapper à la brûlure. Il donnait des secousses de plus en plus fortes, et Gaïg était ballottée dans tous les sens. Mais elle maintenait sa main sur la paroi, essayant d'accoler la plus grande surface possible de la bague sur Spongia. Surface dérisoire, certes, mais qui provoquait son effet, à en juger par les secousses infligées.

Le tube se tordait maintenant, tel un tentacule de calmar géant, et Gaïg s'interrogeait sur la suite des événements, quand la paroi se déchira soudainement. Elle se sentit littéralement arrachée de sa prison.

D'abord soulagée, elle déchanta immédiatement. La « chose » qui l'avait libérée possédait une force incroyable et tentait de l'immobiliser. Gaïg se débattait de toutes ses forces, essayant au moins d'identifier son agresseur.

À travers les cheveux qui l'aveuglaient et qui n'étaient pas les siens, Gaïg se rendit compte qu'elle avait affaire à une Sirène. Pendant un bref instant, elle n'en crut pas ses yeux. Les Sirènes étaient donc des êtres belliqueux et brutaux, dont il fallait se méfier? Comme la réalité était différente de ce qu'elle avait toujours cru!

Elle se débattait avec l'énergie du désespoir, donnant force coups de pieds à son assaillant, qui essayait maintenant de s'emparer de sa main, celle qui portait la bague. Dans un moment de lucidité, Gaïg comprit qu'il s'agissait de la Sirène mâle qu'elle avait admirée dans le bassin.

Mais pourquoi ce grand mâle l'avait-il libérée de Spongia, si c'était pour la maltraiter avec cette brutalité? Et si c'était pour récupérer l'anneau offert par Txabi, il aurait pu simplement réclamer son bien, et Gaïg le lui aurait rendu… Il lui faisait atrocement mal, à serrer ainsi le bras par lequel il la retenait. À force de gigoter, elle s'érafla plusieurs fois sur ses dards et commença à saigner.

Elle se débattit de plus belle à cause de la douleur et, quand l'avant-bras de la Sirène se trouva devant sa bouche, elle y planta les dents de toutes ses forces, pénétra la chair, vit l'eau se teinter de leurs deux sangs, mais ne lâcha pas prise. Les enfants de son village s'étaient toujours moqués de ses dents pointues et écartées, mais en ce moment-même, elle était bien contente de posséder une telle denture.

Le grand mâle se débattait à son tour, dards franchement relevés, à la fois furieux et surpris de la ténacité de sa prisonnière. Il arracha brutalement son bras et Gaïg sentit que ses dents se décrocheraient de sa mâchoire si elle n'ouvrait pas la bouche pour le libérer. Mais la chair se déchira avant, et Gaïg dut recracher le morceau sanglant qu'elle lui avait arraché. Elle reçut une gifle phénoménale qui l'étourdit, une deuxième qui lui fit voir des étoiles et, à la troisième, elle perdit connaissance.

Iolani, puisque c'était lui, se penchait pour s'emparer de la bague, quand il ressentit une violente douleur due à une morsure à la queue, suivie d'une autre dans le dos. En se retournant pour identifier ses agresseurs, il blessa encore Gaïg de ses dards brachiaux et en profita pour lui injecter son venin. Au moins, elle ne sortirait pas vivante de ce combat, cette femelle dénaturée de piranha géant…

Il ignorait qui elle était, d'où elle sortait, et pourquoi elle portait au doigt tous ces anneaux en Nyanga, dont le sien. Mais l'urgence de la situation dans laquelle il se trouvait ne lui permettait pas de réfléchir. La fille mourrait, tant pis pour elle.

Il reconnut immédiatement sa mère, Vaïmana, accompagnée de Shitaké, la *Murène-étoilée*. Toutes les deux s'acharnaient sur lui avec une force décuplée par la colère.

* * *

Elles avaient nagé toute la nuit, aidées par le courant, et Shitaké s'était faufilée jusqu'à Spongia afin de l'interroger sur sa prisonnière. Vaïmana, malgré tous ses efforts, n'avait pas pu pénétrer bien loin dans l'amalgame végétal de la mer des Disparitions. Elle ne faisait que retarder Shitaké, qui l'attendait patiemment.

L'Ancienne, la mort dans l'âme, l'avait laissée aller aux nouvelles. De toute façon, elle ne sentait pas la présence de la bague dans cet amoncellement de débris divers.

Shitaké était revenue après un moment, pour expliquer que Spongia se mourait. Son dernier bourgeon fermait le tube qui les reliait. Elle avait utilisé ses ultimes forces pour évacuer Gaïg, espérant que cette dernière parviendrait au bout du tube avant son obturation définitive. Elle avait indiqué à Shitaké la direction générale à prendre, vers le sud.

La Sirène et la Murène, une fois sorties de la masse indistincte de fragments variés qui entouraient Spongia, avaient eu du mal à distinguer le tube auquel celle-ci avait fait allusion. Elles l'avaient reconnu enfin à cause des spasmes qui l'agitaient, et leurs doutes s'étaient envolés quand elles s'étaient rendu compte qu'on livrait bataille plus loin.

Elles avaient redoublé de vitesse et, arrivées sur les lieux, comprenant, sans même se consulter, ce qui se passait, elles avaient sauvagement attaqué Iolani.

* * *

Ce dernier, maintenant qu'il avait identifié ses assaillantes, calculait rapidement ses chances de remporter le combat. Elles étaient nulles. La veille, à un contre un, il avait déjà essuyé une rossée de sa mère. Maintenant, elle avait avec elle une de ces horribles Murènes qu'il avait toujours détestées, et dont il avait déjà expérimenté les redoutables morsures.

De toute façon, il ne pourrait pas récupérer la bague tant qu'elles s'acharneraient sur lui. Tout espoir était perdu de ce côté-là. Maigre consolation, la maudite bécune[1] inconnue mourrait, empoisonnée par son venin dont il lui avait injecté la quantité maximale.

Iolani perdit un temps précieux, pendant lequel il subit de multiples morsures, stupéfait par l'idée qui avait subitement jailli dans son cerveau. Pourquoi sa mère portait-elle un tel intérêt à cette maudite bécune? Deux fois déjà elle était intervenue pour la défendre.

Si c'était une quelconque représentante de la race des Hommes, Vaïmana n'aurait eu aucune raison de réagir aussi violemment. Il se demandait si la bécune en question pouvait être… Non, ce n'était pas possible… Pourtant, une fille qui respirait sous l'eau…

Abasourdi par sa découverte, Iolani s'enfuit à toute vitesse. Les morsures de ses attaquantes devenaient insupportables, son bras auquel il manquait un morceau de chair le faisait

---

1. Poisson de mer très vorace à la puissante mâchoire.

atrocement souffrir, enflant avec une surprenante rapidité. Il avait besoin de repos, une irrésistible envie de dormir le tenaillait. Il fallait impérativement qu'il se mette à l'abri. Est-ce que la maudite bécune avait du venin? Elle saignait, elle aussi, leurs sangs s'étaient mélangés dans l'eau. Et puis, sa salive pouvait bien être empoisonnée, à défaut de sa viande...

Heureusement, les deux femelles assoiffées de sang ne le poursuivirent pas trop longtemps. Elles l'abandonnèrent plus vite qu'il ne s'y attendait pour revenir à la fille inconnue qui reposait sur le fond, inanimée. Pas si inconnue que ça, la maudite bécune qui lui avait arraché un lambeau de chair, s'il s'agissait bien de…

Iolani avait du mal à y croire. Après tant d'années… Il avait toujours pensé que le bébé n'avait pas survécu. Heïa était morte, cela, il en était sûr. Mais on n'avait jamais fait allusion à l'enfant qu'elle portait, fruit de ses amours avec l'Homme. Or là, tout concordait.

Les dates, la surveillance exercée par Vaïmana, le fait que la fille respire sous l'eau, les bagues qu'elle portait, oui, tout coïncidait. Il s'agissait de la fille d'Heïa. La dernière descendante de la Lignée sacrée. On n'en finirait donc jamais, avec ces femelles irascibles qui prétendaient tout régenter?

Iolani connut cependant un bref instant de satisfaction, malgré la douleur qui commençait à remonter le long de son bras. Il fallait qu'il trouve un coin où se reposer, l'envie de dormir devenait incoercible. Mais il avait tué la sale petite déjection d'Heïa.

Après la mère, la fille… Sans le savoir, il avait bien réussi son coup!

4

Pilaf n'avait pas pu dissimiler un sourire légèrement narquois quand il était passé fièrement devant les deux barques venues à sa rescousse. Ensuite, il avait dépassé le *Sibélius*, qu'il avait sagement attendu dans des eaux plus sûres, ancré sur un haut-fond, comme s'il n'était rien arrivé d'extraordinaire et qu'il était le plus exemplaire des fils.

Il avait pris soin de s'éloigner de la mer dangereuse et, une fois les barques de retour, les passagers remontés à bord, le *Sibélius* l'avait rejoint, jetant l'ancre à son tour sur le haut-fond.

Tout le monde s'était retrouvé sur le bateau de Pilaf, seuls quelques matelots étaient restés à bord du *Sibélius*, pour les manœuvres de base. Chacun s'était alors adonné qui à la joie des retrouvailles qui à la découverte des nouveaux venus. Il y avait tant de choses à se raconter...

En effet, WaNguira et Mukutu, Babah, Afo, Keyah, Fé et Bélimbé, s'ils avaient entendu parler de la Dryade et du Pookah, ne les avaient encore jamais vus. Dikélédi s'était chargée des présentations, y incluant Macény qui avait jeté un coup d'œil distrait à la cantonade, n'ayant d'yeux que pour son Do, revenu de la mort, se plaisait-elle à répéter.

À la vérité, elle n'avait pas encore réussi à se convaincre qu'il était vivant, là, à ses côtés. Elle demeurait collée contre lui, le touchait pour vérifier qu'elle ne rêvait pas, lui prenait la main, lui susurrait des douceurs secrètes à l'oreille, souriait béatement, bougeait sans autre nécessité que le plaisir de sentir son corps contre le sien. De temps en temps, elle essuyait discrètement une larme.

WaNdo se laissait faire, docile, utilisant le prétexte de ses yeux morts pour la laisser agir et dissimuler ainsi la timidité qui le paralysait à l'idée des regards dirigés vers lui. Mais il était, tout au fond de lui, profondément heureux. Se pouvait-il que les souffrances des Kikongos fussent enfin terminées? Tant de choses s'étaient produites récemment...

Ses compagnons lui tapaient dans le dos à tour de rôle, le décoiffaient affectueusement, et Macény s'empressait de le caresser, de remettre sa chevelure en ordre, comme pour effacer le contact étranger qui dressait une barrière imaginaire entre son époux et elle.

En réalité, les Nains, tout à la joie des retrouvailles, prêtaient autant d'attention au couple séparé pendant plus d'un siècle, qu'aux figures de la florinette exécutées par les Floups, regroupés en une unique et magnifique *roda*.

La coutume voulait que l'on testât le « revenant », afin de lui souhaiter la bienvenue parmi les siens et, surtout, afin de vérifier son savoir.

Le cercle était compact et les musiciens en train, fort occupés à frapper dans leurs mains et à chanter un air curieusement lancinant et mélancolique, qui contrastait avec la vigueur de la percussion manuelle.

Mfuru écoutait d'une oreille attentive cette musique d'un nouveau genre, qu'il n'avait aucun mal à comprendre. Sans même s'en rendre compte, il suivait le rythme avec des gestes et des clappements de langue, mais sans émettre de son.

Il apprivoisait en esprit la musique des Floups et tous les Nains se doutaient que, sous peu, il s'y mêlerait et participerait sans la moindre fausse note.

Au milieu du cercle, Pilaf exécutait sans repos la *ginga,* le pas de base de la florinette, à l'affût des adversaires qui se succédaient à un rythme de plus en plus rapide. Les figures, faciles au début, se compliquaient de plus en plus. Mais l'erreur était acceptée.

En effet, n'ayant pas été élevé avec les siens, il ne pouvait se défendre avec la florinette. Après tout, il ne l'avait pratiquée que pendant ses cinq premières années de vie, celles qui avaient précédé son enlèvement. Autant dire qu'il n'y connaissait rien, ou si peu…

L'exercice avait pour but l'évaluation de son savoir. Ainsi, on saurait à quel niveau commencer son éducation de guerrier. Au début, chaque Floup lui enseignerait une figure de combat, toujours la même. Par la suite, quand son instructeur jugerait qu'il maîtrisait suffisamment les *golpes*[1], c'est-à-dire la façon d'assener les coups, qu'il lui avait appris, il lui donnerait l'autorisation de les utiliser contre d'autres. Et lui en enseignerait de nouveaux.

Curieusement, Pilaf, si orgueilleux, se prêtait de bonne grâce à l'examen. Il avait hâte d'apprendre. Il ne serait pas un vrai Floup, un vrai capitaine, tant qu'il ne connaîtrait pas les golpes les plus subtils. La florinette était un art, certes, mais un art martial, un art de la guerre.

---

1. Prononcer « gol-pesse ».

Sa ginga dansante était au point, son équilibre assuré, ses bras fermes et robustes, et ses jambes agiles et nerveuses. En tant que mousse, il n'avait jamais oublié qu'un jour viendrait où il devrait subir cette épreuve, et il avait toujours saisi toutes les occasions qui se présentaient pour se muscler et développer son sens de l'équilibre.

Aucun seau n'avait été trop lourd à transporter, aucune voile trop dure à border, et il était passé maître dans ce jeu des marins qui consistait à parcourir le pont sur les mains quand il y avait de la houle. Il fallait tenir le plus longtemps possible sans perdre l'équilibre et l'enjeu était accru par le mauvais temps.

Il était même capable, dans cette posture inversée, de décoller du pont en sautant en l'air à la force des bras, de frapper une fois les mains l'une contre l'autre, avant de retomber en équilibre sur les planches.

Falop était content. La base était bonne, le corps sain, l'esprit neuf. Ce serait excitant et divertissant de l'initier, parce qu'on sentait qu'il y prenait plaisir.

Pilaf improvisait avec grâce et vivacité, et esquivait, autant qu'il le pouvait, les figures les plus difficiles imposées par ses adversaires. Ce qui signifiait qu'il possédait de façon innée l'art de la feinte, fondamental en matière de florinette.

Les Floups disposaient, pour désigner l'enchaînement des acrobaties mettant en jeu l'agilité du combattant, d'une appellation très imagée : le *floreio*[1], autrement dit la floraison. Le floreio représentait l'aspect artistique de l'ensemble, à travers la légèreté du corps, la fluidité des déplacements, la grâce des mouvements.

La florinette, si elle devait relever d'un élément, se situerait à mi-chemin entre l'air et l'eau. L'air, parce que beaucoup de golpes nécessitaient des sauts, parfois doubles ou triples, mettant en valeur l'aspect aérien de cet art martial. L'eau, parce que le floreio donnait l'impression d'un écoulement liquide et continu.

Il n'y avait pas de temps d'arrêt dans cette lutte dansée : un nouvel arrivant, pour entrer en scène, se plaçait entre les deux adversaires en place, face à celui qu'il voulait combattre, Pilaf en l'occurrence, tout en gardant l'œil sur celui qui se retrouvait derrière lui.

Celui-ci s'effaçait alors, sans rupture de rythme, se fondant dans le cercle de la roda. Et Pilaf repartait de plus belle, sans répit, tâchant d'esquiver les redoutables coups de pieds de

---

[1]. Prononcer « flo-ré-yo ».

son attaquant, coups de pieds qui s'arrêtaient avant d'atteindre la cible, heureusement.

Falop se réjouissait. Trompe avait déjà affronté Pilaf plusieurs fois, elle serait un excellent professeur pour lui. Elle prévoyait aisément sa tactique de défense, tournait et virevoltait pour le surprendre, faisant se succéder les roues sans arrêt. Pilaf souriait, il était heureux. Une partie de sa vie se terminait, une autre commençait.

Il se répétait en secret le chant de ralliement des Floups, inventé par le matelot Pastina pour appeler ses frères à la révolte, dans les premiers temps de l'esclavage tenté par les Hommes en vue d'asservir son peuple :

Florinette, mère des Floups!
C'est la sorcellerie des esclaves affamés de liberté.
Son commencement n'a pas de méthode,
Sa fin est indéfinissable,
Même par le plus savant des maîtres.

Loki regardait, subjugué. À la surprise de tous, pour la plus grande joie des Floups, il tenta une entrée, se glissant entre Pilaf et Flopi, sous les vivats et les encouragements. Malgré ses efforts, sa méthode de lutte respectait encore moins les règles d'or de la florinette que celle de Pilaf, mais il avait le sens du rythme et de l'acrobatie. Et comme Pilaf était novice lui aussi...

La bataille se termina sous les applaudissements quand Pilaf, d'un bond, se plaça à cheval sur les épaules de Loki, qui lui fit faire en vainqueur le tour du cercle dessiné par les participants à la roda.

Flopi intervint alors, encore dégoulinant de la sueur du dernier combat.

— Bravo, capitaine de la *Bella-Bartoque*. On aura vite fait de t'instruire des subtilités de la florinette.

— Et de celles de la navigation, ajouta Plofi, moqueur.

Pilaf, qui ne perdait pas de vue la nécessité de se constituer rapidement un équipage, répondit du tac au tac :

— D'accord. Tu viens avec moi sur *mon* bateau?

Il ne put s'empêcher d'appuyer sur le « mon » afin de ne laisser planer aucun doute sur l'identité du propriétaire. Trompe, sentant venir le moment du recrutement, se plaça d'autorité à côté de son frère.

— Moi, je viens avec toi! Et Falop aussi, ajouta-t-elle en tirant sans façon son père par la main pour qu'il se rapproche davantage. Il l'a dit quand nous étions dans la barque.

— C'est vrai, confirma Falop. Mais on ne peut pas dénuder l'un pour couvrir l'autre. Flopi a besoin de ses marins lui aussi…

— Nous sommes assez nombreux pour que je partage, assura Flopi, magnanime. Surtout ce que je ne possède pas… Vous vous appartenez, vous êtes tous libres de votre choix. Mais ce peut être un prêt, le temps de rejoindre une île pour constituer ton propre équipage. Avec du sang frais, comme moi jadis!

Flopi, rempli d'indulgence pour ce jeune Floup volontaire qui lui rappelait sa jeunesse, se sentait prêt à l'aider. Il considéra Trompe un moment, puis s'adressa à Pilaf, amusé :

— Bon courage avec ton nouvel équipage, capitaine…

Tout le monde se demanda après coup si Flopi avait eu une prémonition en émettant ses vœux : Loki était venu rejoindre Pilaf.

— Hé! Hé! N'oublie pas que je suis ton prisonnier, capitaine. Tu dois me garder! Je suis ton second aussi. Hon! Hon! Hon!

Winifrid et AtaEnsic furent prises de court. Qu'étaient-elles censées faire? Allaient-elles rejoindre la forêt de Nsaï? Pour la Dryade, la réponse était claire : il y avait un vieux chêne plus que centenaire, répondant au nom de Walig, qui l'attendait là-bas. Pour la Licorne amputée, l'amitié de Mfuru avait effacé tout le reste.

Un subtil mouvement général se produisit alors, chacun, excepté les Floups, tentant de montrer, par sa position dans l'espace, le choix qu'il effectuait pour l'avenir.

Mfuru se rapprocha immédiatement d'Ata-Ensic, afin de bien marquer sa décision de ne pas se séparer d'elle. Txabi, sans rien dire, grimpa discrètement sur l'épaule de Loki. À défaut de Gaïg, il resterait en la compagnie de ce joyeux luron, si débordant d'imagination. Et puis, raisonnablement, ceux qui bougeraient sur la mer auraient plus de chance de la retrouver que ceux qui rejoindraient la terre...

Macény se serra encore plus contre Do, et Kodjo saisit la main libre du grand prêtre. Afo, Keyah, Fé et Bélimbé s'agglutinèrent en un groupe compact, pendant que Babah et Mukutu se rapprochaient légèrement l'un de l'autre.

Comme Dikélédi, tout éberluée, demeurait seule, WaNguira se rapprocha d'elle et, plaçant affectueusement les deux mains sur ses épaules, il déclara, sur un ton badin et affirmatif en même temps :

— Moi, j'irai où Dikélédi m'emmènera.

Cette dernière sourit et, entrant dans le jeu, annonça :

— Au Sud. Là où il fait chaud. Sur une île. Une grande. Haute, avec des montagnes, pour qu'on puisse creuser. Et la mer devant, derrière, dedans, tout autour. Comme ça, Gaïg pourra nous retrouver.

À son grand étonnement, le silence se fit et elle devint le point de mire de tous les Nains. Ces derniers avaient compris la démarche de WaNguira. Puisque la prophétie disait que les Nains pourraient s'installer là où la descendante de Yémanjah conduirait la *Fille-de-toute-les-Dryades*, à défaut de la première, qui avait disparu, il suffisait de s'attacher aux pas de la seconde.

Mais comment procéder? Flopi et Pafou avait mis deux goélettes à leur disposition pour secourir les Kikongos, certes. Mais au nom de la liberté de l'individu, de sa dignité, de son droit à disposer de lui-même, contre l'esclavage, en deux mots. Ils n'avaient pas dit qu'ils parcourraient les mers à la recherche d'une terre pour les Nains.

La prophétie ne précisait pas où se trouvait cette terre, mais les Nains n'avaient jamais envisagé sérieusement la possibilité qu'il puisse s'agir d'une île. Dikélédi était-elle en train de prophétiser sans le savoir? Quel crédit pouvait-on apporter à sa réponse?

— Le Sud, c'est vaste, tu sais, précisa WaNguira. Et les îles, elles sont des milliers…

— Oui, acquiesça-t-elle. Mais celle dont je parle est unique. Il faut la trouver…

Elle se tut, subitement intimidée. Elle avait parlé sans réfléchir, et la mine grave des Nains lui avait fait comprendre qu'ils accordaient foi à ses dires. Elle avait oublié la prophétie... ses frères qui avaient besoin d'une terre, qui l'attendaient depuis si longtemps... Elle essaya de se rattraper.

— Mais je plaisantais... se reprit-elle.

— Absolument! appuya WaNguira pour ne pas la gêner. Mais c'est bon de rêver, tu sais...

Il avait identifié Dikélédi comme étant la *Fille-de-toute-les-Dryades*, et ses compagnons en étaient informés, mais pas elle. Ce qui expliquait pourquoi elle ne comprenait pas que l'on prît au sérieux ce qui, à ses yeux, n'était qu'une boutade.

Le silence régnait toujours. Les Nains, comme les Floups, étaient perplexes. Dikélédi aurait voulu disparaître. Pourquoi ses frères la fixaient-ils ainsi, pour ensuite se plonger dans la contemplation des planches du pont, gênés, quand elle croisait leur regard? Qu'avait-elle dit de si inconvenant?

Elle avait plaisanté avec la prophétie, certes. Mais elle ne l'avait pas fait sciemment. On n'était pas en train d'en parler, quand elle avait émis l'idée d'aller dans le Sud et de chercher une île.

Pourquoi avait-elle dit ça, d'abord? À cause de Gaïg, bien sûr! Dikélédi se rappelait la traversée d'une partie des montagnes de Sangoulé, quand elles étaient à la recherche d'AtaEnsic, capturée par les voleurs. C'était à ce moment-là qu'elle avait suggéré à Gaïg de s'installer sur une île. Elle avait vu ses yeux briller. Par la suite, elles en avaient parfois discuté. Gaïg n'avait jamais renoncé à cette idée.

Ce fut Pilaf qui rompit le silence. Bien que ne suivant pas les méandres pris par la pensée de chacun, il avait compris que Dikélédi avait touché du doigt un point délicat.

— Je t'y emmènerai, moi, dans le Sud, puisque c'est là que je vais, promit-il en lui prenant la main.

Il eut envie d'ajouter « Et on retrouvera Gaïg », mais il se retint. Elle devait être noyée depuis longtemps et les poissons avaient sans doute commencé leur festin. Il frissonna à l'idée de cette pensée déplaisante. Toutes ces filles sur les bateaux, aussi… C'était ça qui portait malheur, on le lui avait toujours dit. Avec les rats. Et les lapins.

Ce n'était pas de la superstition, puisque c'était vrai… Les rats rongeaient tout ce qu'ils trouvaient, y compris la coque du bateau. Il est vrai qu'ils savaient nager. Pour les lapins, il ne savait pas. Peut-être que ces derniers se retrouvaient pris à leur propre piège et se noyaient... Bien fait pour eux!

Mais les filles? En quoi portaient-elles malheur? Après tout, Trompe était du sexe féminin, et cela faisait des années qu'elle naviguait sur le *Sibélius*, sans qu'il ne soit rien arrivé à ce dernier.

Pilaf réfléchissait à toute vitesse, tout en se demandant comment tirer le meilleur parti de la situation. Il lui fallait un équipage pour rejoindre les îles du Sud, celles où les Floups s'étaient réfugiés depuis si longtemps, et dont l'emplacement demeurait encore secret pour les Hommes. Il n'était pas sûr de pouvoir les situer, mais si Trompe et Falop l'accompagnaient, la question était résolue.

Loki et Dikélédi venant avec lui, cela ferait deux matelots de plus. Qui d'autre? Le grand prêtre, WaNguira, avait dit qu'il ne la quitterait pas. Quel genre de matelot faisait-il?

La jument parlante était plutôt encombrante, mais elle ne quitterait pas Mfuru, qui ne quitterait pas Do, son père, qui ne quitterait pas sa femme fraîchement retrouvée, et la nouvelle venue qui lui tenait la main... Kodjo, elle s'appelait, mais Mini Kodjo lui irait tout aussi bien, pensa-t-il...

Ce qui signifiait que, pour garder Do qu'il aimait bien et qui, même aveugle, lui avait été d'un précieux secours aux moments cruciaux, il devrait accepter trois personnes de plus, dont deux filles. Et la jument parlante. Cette dernière comptait-elle pour une fille, ou non? Et voudrait-elle se séparer de sa si jolie-mignonne-gentille amie, Winifrid? Encore une fille…

Pilaf, pendant un court moment instant, se sentit dépassé. Dans quel pétrin s'était-il fourré? Pourquoi avait-il proposé de garder une Naine à son bord? Ces gens-là ne se déplaçaient qu'en groupe, visiblement, et en pêcher un équivalait à sortir tout le banc de l'eau.

Il en était là de ses réflexions quand la vigie de Flopi, en faction dans son nid-de-pie, annonça : « Bateaux à tribord arrière. Deux. »

5

En revenant vers Gaïg qu'elle avait laissée inconsciente au fond de l'océan, Vaïmana se disait que Iolani avait eu son compte. Face à ses propres assauts, conjugués à ceux de Shitaké, le mâle n'avait eu d'autre ressource que la fuite.

D'habitude, les Murènes ne mordaient qu'une seule fois, ne lâchant prise que quand la chair cédait, quitte à utiliser pour cela la deuxième mâchoire qu'elles possédaient, en arrière de la première. Elles se dépêchaient alors d'avaler le morceau arraché, faisant preuve d'une voracité légendaire sous toute la surface des océans.

Cette fois-ci, Shitaké avait joué la carte du raffinement. Sans doute repue après son récent passage dans la mer des Disparitions – Vaïmana n'ignorait pas que les algues géantes constituaient un de ses mets préférés –, elle s'était contentée de mordre la Sirène un peu partout, lui déchirant la peau de sa denture tranchante. Ses morsures acérées avaient laissé de multiples trous emplis de toxines dans la chair de Iolani, trous qui ne demanderaient qu'à s'infecter, Vaïmana l'espérait, car cela l'occuperait un moment, le temps de se soigner.

Au début, elle-même avait éprouvé un certain plaisir en plantant ses dents dans les parties les plus charnues de Iolani. Elle avait arrêté en sentant la présence du poison en lui. Elle n'avait pas eu le temps de reconnaître la nature de ce dernier, mais elle était certaine qu'il ne s'agissait pas du venin propre aux mâles.

Comme ce n'était pas le moment de tergiverser, elle s'était contentée de lui assener les plus vigoureux coups de queue de son répertoire, tout en faisant attention à ne pas frapper Shitaké qui lui déchiquetait soigneusement la peau du dos, le transformant en dentelle ajourée.

Vaïmana, sachant la Murène insensible aux poisons, l'avait laissée faire. Maintenant, en y repensant, elle se demandait quel était la nature du produit toxique qu'elle avait senti. Il était pour le moins inhabituel ; il lui semblait le connaître, sans pour autant parvenir à l'identifier.

Heureusement, Iolani avait compris assez rapidement qu'il n'avait aucune chance dans ce combat à deux contre un, et il avait opté pour la retraite, apparemment surpris par quelque chose que Vaïmana n'avait pas saisi, comme si une idée subite lui avait traversé l'esprit à ce moment-là. Qu'allait-il inventer encore?

L'Ancienne était soucieuse. Tant de choses arrivaient, qu'elle ne maîtrisait pas complètement... Les pensées défilaient dans sa tête à une vitesse ahurissante, reliées par un fil ténu qu'elle pouvait à peine suivre.

Il naissait de plus en plus de mâles Sirènes, qui deviendraient davantage tenaces et agressifs à mesure que leur nombre augmenterait. Elle trouvait que Iolani faisait preuve d'une obstination surprenante dans sa quête du pouvoir, puisque même la mort ne l'arrêtait pas. Qu'est-ce qui le rendait aussi opiniâtre?

Les temps changeaient, décidément... Même si la situation n'était pas encore dramatique, elle devenait préoccupante.

La *Roche-qui-enfante-les-filles* se faisait rare sous l'eau, il fallait songer à s'en procurer ailleurs, c'est-à-dire à la surface. Parce qu'en limitant les naissances mâles à un très petit nombre, juste de quoi assurer la reproduction, donc la survie de l'espèce, on avait une chance de maintenir les choses en place. Sinon, il faudrait compter avec les nouveaux venus au fur et à mesure que leur population croîtrait…

Le Nyanga adoptait la forme qu'il voulait, c'était sûr. Généralement, il était réservé aux Nains, dont c'était le minerai sacré, cadeau suprême de Mama Mandombé aux siens. Mais quand il se présentait sous forme de perle, il était destiné aux Sirènes, qui l'appelaient alors Poemoana[1], la *Perle de l'océan,* ou *Roche-qui-enfante-les-filles.* Les Nains l'ignoraient, simplement parce que le Nyanga, une fois en leur possession, ne demeurait *jamais* sous forme de perle.

Mais le temps approchait, où ils tiendraient des perles de Nyanga entre leurs mains…

En effet, les perles de Nyanga, que les matriarches de la Lignée sacrée trouvaient autrefois sur les fonds sablonneux de Faïmano, devenaient rarissimes. Au fil du temps, il avait fallu s'éloigner de plus en plus de l'île pour en découvrir. La légende racontait que ces perles étaient filles de la mer et du sable. L'eau et la terre, une fois de plus…

Les perles que les Sirènes se transmettaient de génération en génération étaient de taille de plus en plus réduite, usées par le temps. Certaines jeunes Sirènes, arrivées à l'âge adulte,

---

[1]. Prononcer « Po-é-mo-a-na ».

n'auraient pas la moindre perle à introduire dans leur pochette.

Ce qui signifierait la fin de la Tradition. À moins de trouver de nouvelles perles. Qui, mieux que les Nains, pouvait sentir la présence du Nyanga? Qui, mieux qu'eux, serait à même de procurer aux Sirènes les perles dont elles avaient besoin? Quels seraient alors les termes du marché?

En arrivant auprès du tube déchiré de Spongia, Vaïmana secoua la tête. Elle les connaissait, les termes du marché… Elle n'ignorait pas le prix du pouvoir… Elle savait bien que, tôt ou tard, il faudrait payer leur dû aux Nains.

Mais quelque chose clochait, dans le présent, qui lui fit repousser ses cogitations moroses à un autre moment. Shitaké, qui avait respecté son silence jusque-là, s'agitait devant elle.

— *Où est-elle passée? C'est bien ici que nous l'avions laissée, ce me semble. La vois-tu, très chère?*

Vaïmana sortit brusquement de ses pensées pour chercher sa petite-fille du regard. Point de Gaïg. Mis à part l'organe en lambeaux de Spongia, rien ne laissait supposer qu'une bataille sanglante s'était déroulée là, quelques instants plus tôt.

Le cœur de Vaïmana battit à grands coups dans sa poitrine. Qu'était-il encore arrivé?

Était-il écrit que chaque fois qu'elle retrouvait Gaïg, c'était pour la perdre? Le vent du changement n'arrêterait-il donc jamais de souffler?

— *Peut-être qu'elle a repris connaissance et qu'elle s'est sauvée pour échapper à ce congre malfaisant de Iolani,* suggéra Shitaké. *Elle n'aura pas eu le temps de s'éloigner beaucoup, très chère. Cherchons-la.*

Vaïmana s'était déjà mise en quête d'un indice quelconque pouvant la mettre sur la voie. Il lui semblait peu probable que Gaïg, blessée par les dards redoutables du « congre malfaisant » et sous l'emprise de son venin, ait pu se sauver. Il était déjà surprenant que le venin ne l'ait pas tuée sur le coup…

Shitaké et elle avaient eu le temps de voir Gaïg livrer bataille, avant de recevoir les trois gifles phénoménales qui l'avaient étourdie et jetée sur le sable. Quand elles étaient intervenues, Iolani s'était retourné pour les affronter et en avait profité pour blesser Gaïg. C'est à ce moment-là qu'il lui avait inoculé son venin.

Vaïmana l'avait vu devenir bleu foncé et avait compris qu'il transférait son liquide mortel dans le corps de sa victime. Preuve qu'il ignorait à qui il avait affaire. Sinon, il aurait su qu'il perdait son temps. Le venin des mâles n'était pas toxique pour les femmes sirènes. Pendant un court instant, trop court, hélas, l'Ancienne s'était réjouie.

Puis elle s'était immédiatement corrigée : sa petite-fille était à moitié humaine. Ce qui signifiait qu'elle serait sensible au poison. Peut-être pas au point de la tuer, mais assez pour la rendre gravement malade.

En proie à une fureur sans bornes, Vaïmana s'était alors livrée corps et âme au feu qui couvait en elle depuis une décennie, un feu destructeur visant l'anéantissement de l'ennemi, Iolani, ce mâle sirène dégénéré qui avait tué sa propre sœur.

Il est vrai qu'elle ignorait tout de la protection accordée à sa petite-fille par Otahi, la Première, quand celle-ci avait donné ordre aux Vodianoïs de la mordre pour, en fin de compte, l'immuniser contre tous les poisons de la création, y compris celui des Sirènes mâles.

Vaïmana, dans son ignorance, sentait monter l'angoisse en elle face à la disparition subite de Gaïg. Elle était beaucoup plus rassurée quand Gaïg se trouvait sur la terre ferme. En partie parce qu'elle ne connaissait pas tout des dangers à affronter quand on menait son existence parmi les Hommes. En partie aussi parce que l'exil de la jeune fille à moitié Sirène parmi ceux-ci reposait sur une décision d'Otahi elle-même. On pouvait supposer que cette dernière savait ce qu'elle faisait…

Dans la situation présente, il n'y avait aucune terre toute proche où Gaïg aurait pu se réfugier. Vaïmana et Shitaké cherchaient dans la rocaille, dans les algues, partout où Gaïg aurait pu se traîner pour se mettre à l'abri. Les cachettes étaient rares, dans cet espace plutôt dénudé de l'océan Moana. On n'était plus dans la mer des Disparitions, ici…

Mais Gaïg n'aurait pas eu assez de temps pour parcourir une grande distance et aller bien loin, selon elles. Toutes les deux eurent alors simultanément l'idée de lever la tête vers la surface. Elles appréhendèrent la situation d'un seul coup d'œil.

Là-haut, juste au-dessus d'elle, la zone sombre projetée par la coque d'une barque. Plus loin, de chaque côté, l'ombre d'un bateau, beaucoup plus vaste.

Sans se concerter, elles nagèrent pour se rapprocher de la surface.

— *Hé bien, très chère, je crois que tu vas voyager, maintenant,* lança Shitaké. *Je vais m'assurer qu'elle se trouve bien dans la barque…*

— Tu crois que c'est prudent ? Et si on te voit ?

— *Un poisson qui saute hors de l'eau en plein océan, qu'y a-t-il d'étonnant à cela, ma chère ?*

Une sirène, je ne dis pas, mais une vulgaire Murène...

Shitaké, sans laisser à Vaïmana le temps de répondre, fila vers la surface et bondit en l'air. Après avoir réalisé un arc de cercle incroyablement régulier, elle replongea et nagea vers Vaïmana.

— *Ils m'ont à peine remarquée. Mais je l'ai vue, elle. Ta petite protégée est un peu pâlotte, très chère, mais c'est tout. Quant aux Hommes dans la barque, ce ne sont pas des Floups. Mais des pirates quand même...*

— Je vais suivre leur bateau, alors, répondit doucement Vaïmana. On ne sait jamais...

— *Eh bien, je t'accompagne, très chère. J'ai envie de changer d'eau. Et puis, comme tu dis, on ne sait jamais...*

6

Chez les Floups, en un instant, ce fut le branle-bas de combat, malgré la distance qui les séparait encore des deux bateaux annoncés à tribord arrière par la vigie de Flopi.

Les Nains qui avaient voyagé avec lui furent stupéfaits, une fois de plus, par la rapidité avec laquelle les Floups se mettaient sur le pied de guerre. Même Macény, sortie brutalement de son rêve conjugal, fut époustouflée par l'agitation qui régnait tout à coup sur le pont.

Les Floups arboraient de multiples armes, issues de poches insoupçonnées de leurs vêtements. Là où précédemment il n'y avait rien, on voyait apparaître un couteau comme par magie.

Étant donné qu'ils se trouvaient presque tous sur la *Bella-Bartoque,* les deux barques avaient déjà entamé un premier voyage afin de rapatrier les marins du *Sibélius*. Flopi discutait avec Falop, sans prêter la moindre attention à Trompe qui se trouvait non loin, apparemment occupée à scruter l'océan.

Quand elle s'éloigna brusquement, les deux Floups réalisèrent qu'ils auraient dû se méfier davantage des oreilles indiscrètes et, au moment où Falop répondait « Il ne voudra jamais », on vit Pilaf avancer vers eux, l'air décidé, Trompe sur les talons.

— Qu'il soit bien clair que je suis le capitaine de ce bateau et que je fais ce que je veux, annonça-t-il à la cantonade. Ceux qui me reconnaissent pas comme tel, qu'ils dégagent!

— Et quelles sont tes intentions, moussaillon capitaine? demanda Falop, d'un ton volontairement ironique.

Le père semblait calme, bien campé sur ses jambes, celles-ci très écartées afin d'assurer son assise, prêt à affronter l'explosion qu'il provoquerait en employant ces termes.

Pilaf frémit sous l'insulte. Pendant un instant, il détesta son père. Une onde de colère le parcourut, on le sentit prêt à bondir, et Falop se prépara à l'assaut. Un tel affront était impensable, et tout le monde attendait la réaction du jeune Floup. C'était cela, l'examen qu'il passait, tout aussi important que celui qui visait à évaluer son niveau dans la florinette.

Trompe le fixait intensément du regard, anxieuse de la réponse. Elle se demandait si le lien qui l'unissait à son jumeau existait encore, ce lien qui leur faisait partager un mental commun, dans lequel les pensées de l'un étaient accessibles à l'autre.

« Ne tombe pas dans le piège, Pilaf, suppliait-elle intérieurement, tu le vois bien, que c'est un piège, UN PIÈGE, je te dis. Ils veulent te tester, voir tes réactions. Pilaf, regarde-moi, c'est le moment où jamais de prouver que ce navire est à toi, que tu es digne d'en être le capitaine! »

Pilaf frissonnait sous l'effet de la fureur qu'il tentait de maîtriser. Il se mordit l'intérieur des joues et, cette fois, le sang jaillit du premier coup. Il était devenu le point de mire de l'assemblée. Il s'apprêtait à combattre son propre père.

Or une pensée nouvelle se faisait jour en lui, diffuse mais insistante. Quelque chose détonait dans la situation présente. Un fait insolite qui l'embarrassait. Il éprouvait de la difficulté à préciser sa nature. Ce n'était tout simplement pas possible que son père se montre aussi insultant à son égard!

Il entrevit le piège. Puis il comprit. Le stratagème était grossier, il ne s'y laisserait pas prendre. Il respira profondément et répondit le plus tranquillement qu'il put, ne s'attachant même pas à commenter le terme insultant :

— Si tu restes sur la *Bella-Bartoque*, tu les connaîtras. Et même si tu restes pas, sache que j'ai pas l'intention de fuir s'ils attaquent.

Personne ne perçut le soulagement muet de Trompe, seul l'abaissement de sa poitrine aurait pu signaler qu'elle avait retenu sa respiration. Elle envoya à l'adresse de son père et de Flopi un discret sourire, à peine perceptible, mais néanmoins victorieux et ironique.

À la surprise générale, Macény s'avança, les yeux noirs de colère.

— Moi, je reste avec toi. Et je combattrai à tes côtés. Moi aussi, je dois en découdre avec les Hommes. Et ceux-là paieront pour les autres.

— Moi aussi, articula lentement Mfuru. Pour ce qu'ils ont fait à mon père. Et à tous les Kikongos.

— Je ne sais pas encore comment, mais je t'aiderai, proposa immédiatement Kodjo.

— À défaut de pouvoir agir, sache que je suis de tout cœur avec toi, fils, déclara WaNdo, appuyant volontairement sur le dernier terme.

Pilaf se sentit ému, non seulement par la nouvelle appellation qui le vengeait de l'ancienne, mais aussi par ces alliés inattendus. De même qu'il n'avait jamais considéré sérieusement les Nains comme de possibles matelots, il n'avait pas non plus envisagé qu'ils pussent livrer bataille.

Mais la réalité était là : eux aussi avaient de bonnes raisons d'en vouloir aux Hommes. Et il n'ignorait pas de quoi ils étaient capables, une fois en colère... Un bref éclair de triomphe traversa son regard, qui s'éteignit aussi vite qu'il était apparu, et ce fut d'une voix neutre qu'il annonça à son père :

— Mais j'attaquerai pas le premier.

WaNguira se sentit soulagé, ainsi que les Nains qui ne s'étaient pas prononcés. Malgré le passif qui les unissait aux Kikongos, ils répugnaient à tuer des Hommes qui n'auraient pas été les premiers à déclencher les hostilités. Se défendre, oui, et plutôt deux fois qu'une. Mais massacrer de sang-froid des inconnus qui ne leur avaient rien fait leur semblait plus difficile. Ils préféraient attendre de voir comment les choses se présenteraient. Et si c'étaient de simples marchands?

— Bravo, capitaine de la *Bella-Bartoque*, intervint Flopi. Mais le temps presse, il faut adopter une stratégie. Que proposes-tu?

Pilaf respira. On lui avait redonné son titre, l'autre capitaine le traitait d'égal à égal, il avait réussi l'examen. Ce n'était pas le moment de déchoir...

— On part chacun dans une direction différente?

— C'est ce que j'avais envisagé, approuva Flopi. Pas la peine de les affronter tout de suite, on a charge d'âmes. Je contourne cette satanée mer par le nord, toi par le sud, et on se retrouve de l'autre côté?

— D'accord, approuva Pilaf. On aura aucun mal à les semer, ils sont encore loin.

Les barques revenaient déjà, prêtes pour un deuxième voyage. Flopi allait s'embarquer, quand Winifrid s'approcha de lui.

— Est-ce qu'à votre bord, vous auriez un arc et des flèches pour moi, s'il-vous-plaît? Je vise bien, quand il le faut…

Flopi plongea son regard dans le sien, surpris : non parce que la limpidité de son regard, la fraîcheur de son teint, l'innocence qui se dégageait d'elle ne laissaient en rien présumer ses capacités d'archère, mais parce qu'elle s'était adressée à lui dans la langue du pays de N'Dé, sans utiliser le sawyl des Dryades. Il sourit.

— *Je pense que ça doit pouvoir se trouver,* répondit-il en sawyl. *À bord, nous sommes amplement pourvus en matière d'armes. Pas toutes forgées par ces messieurs, malheureusement…*

Ce disant, il releva son pantalon et dégagea d'un étui attaché le long de sa jambe un poignard long et effilé, qu'il fit jouer amoureusement dans les derniers rayons du soleil couchant. La lame renvoya ces derniers comme un miroir, et Flopi dirigea le flux lumineux reflété vers Mukutu, afin de l'aveugler.

— M'est avis qu'un Nain r'connaît toujours c'qu'il a forgé, capitaine Flopi. Même après des années… Même présenté ainsi…

Flopi sourit. C'était la première lame qu'il avait commandée aux Nains, il ne s'en était jamais séparé. Il s'inclina avec déférence devant Mukutu, puis s'adressa à Winifrid :

— *On vous rapportera un arc et des flèches, jolie archère*, promit-il.

Winifrid sourit à Flopi, envahie par des souvenirs connus d'eux seul. Alors que Flopi descendait dans la barque qui n'attendait plus que lui, Loki l'attrapa sans façon par le bras.

— Pour moi aussi, capitaine, s'il te plaît. Hé! hé! hé! Je vise très bien quand il le faut! Ho! ho! Je suis un as de la fesse! Comme cible, bien sûr! Hu! hu!

— Deux arcs, alors. Quelqu'un d'autre désire-t-il une arme? demanda-t-il.

Les Nains firent non de la tête, ils portaient tous au côté le pic ou la pioche dont ils ne se séparaient jamais. Le tir à l'arc n'était pas leur spécialité, ils préféraient le corps à corps.

Pilaf hésita. C'était vrai qu'il n'y avait pas d'arme digne de ce nom sur la *Bella-Bartoque*.

Elle avait appartenu à des Hommes avant lui, on y trouvait diverses « choses coupantes et acérées », mais rien qui soit à la hauteur d'un Floup capitaine de son bateau.

Faisant taire son orgueil, il leva la main en direction de Flopi, l'air un peu piteux. Flopi lui fit un clin d'œil, signalant ainsi qu'il avait compris la demande.

Alors que Trompe, qui lui avait généreusement tendu la dague qu'elle avait en main, se contorsionnait afin de libérer une nouvelle arme de sous ses vêtements, Falop, bien qu'hérissé de poignards divers, sortit de la même cachette que Flopi un long stylet à lame sinueuse.

La perfection qui se dégageait de l'objet, même vu de loin, ne laissait planer aucun doute sur sa provenance. Seul un Nain pouvait avoir forgé une telle œuvre, où la puissance la disputait à la finesse.

— Tiens, dit-il, en le présentant négligemment à Pilaf, comme s'il s'agissait d'un vulgaire couteau de cuisine. Je te l'offre. Ta vie est précieuse, capitaine. Aucune arme ne la vaudra jamais.

Puis il ajouta, toujours aussi détaché, en montrant les Nains :

— Faudra voir avec eux, pour défaire l'enchantement…

Babah rigola bruyamment, en tapant sur l'épaule de Mukutu.

— M'est-avis qu'on d'vrait t'nommer fournisseur officiel des Floups, vieux frère, s'esclaffa-t-il. C'est pas possible, c'est un véritable arsenal que tu leur as monté…

La remarque de Babah détendit un peu l'atmosphère et les Nains commencèrent à discuter forge et métaux. Seuls Pilaf et Trompe étaient demeurés immobiles, rendus muets par la surprise.

Ce stylet auquel Falop tenait tant, ce stylet qui lui avait maintes fois sauvé la vie, et dont, disait-il, la première utilisation avait été la section de leurs cordons ombilicaux à la naissance, voilà qu'il l'offrait à Pilaf. Ils avaient conscience de la valeur du présent, ils connaissaient les histoires qui s'y rattachaient et n'en croyaient pas leurs yeux.

Et Falop avait appelé Pilaf « capitaine »! Pilaf ne savait pas ce qu'il appréciait le plus : le précieux stylet ou l'appellation de capitaine. C'était pour lui une consécration, que son père l'appelle ainsi.

Trompe, toujours estomaquée, promenait son regard de l'un à l'autre. Elle savait, peut-être mieux que son frère, le prix du cadeau. Ayant davantage vécu avec son père, elle n'ignorait pas que l'arme ne le quittait jamais, même pour dormir. Elle avait vu avec quel soin il l'astiquait et comment il vérifiait quotidiennement le fil de sa lame.

Falop, s'avisant de sa stupeur, s'empressa de préciser :

— Toi aussi, ma fille, tu en auras un. Je demanderai à mon armurier préféré de t'en forger un... Un pour toi, à la mesure de ton poignet.

— Tu te méprends, Falop, répondit-elle, sortant de sa réserve. Je ne suis pas jalouse. Simplement stupéfaite que tu t'en sépares.

— Hé bien tu en auras un quand même! promit-il en lui faisant un clin d'œil. Ta vie est précieuse aussi, ma fille.

La barque du *Sibélius* était déjà de retour, accomplissant son ultime voyage. Plofi grimpa sur le pont, harnaché de deux arcs croisés sur la poitrine et de deux carcans dans le dos. Une provision de flèches reposait au fond de la barque, avec trois autres arcs et des épées de tailles diverses.

— Tiens, le tatoué raconteur d'histoires! lança Falop pour l'accueillir. Alors, tu restes avec nous?

— Oui, je remets ça, répondit-il, faisant ainsi allusion à son embarquement sur la *Bête-au-Vent* des années auparavant. J'aime la jeunesse, faut croire… Et puis, il doit être éduqué, ce petit. Ça fait sept ans qu'il n'écoute plus mes histoires… Tiens, voici ce que Flopi t'envoie, capitaine. C'est son cadeau de bienvenue, pour ton retour parmi nous.

Ce disant, il sortit de l'étui qu'il portait à la taille une dague à la lame presque noire, qu'il tendit à Pilaf. La poignée, recouverte de cuir repoussé, tenait bien en main. Elle ne risquait pas de glisser à cause de la transpiration, constata immédiatement celui-ci.

Pendant que Plofi se débarrassait de la ceinture et de l'étui qui accompagnaient l'objet, Pilaf, ravi, examinait la dague, la testant avec force acrobaties et moulinets divers. C'était vraiment un beau cadeau.

De plus, il se réjouissait grandement de la venue de Plofi sur son embarcation. Il l'aimait bien, Plofi et ses histoires, avec son visage couvert de tatouages… Afo aussi, d'ailleurs, dont le regard brilla, même si elle ne dit rien.

Les Nains n'avaient pas vraiment été consultés sur leur choix quant à un bateau, pensait WaNguira. Puisqu'ils se trouvaient sur celui de Pilaf au moment où les bâtiments étrangers avaient été signalés, ils y étaient restés. D'office. Est-ce que Flopi désirait se débarrasser d'eux, se demandait le grand prêtre?

Il n'y avait aucune raison pour cela, pourtant. Peut-être qu'au contraire, il avait voulu les protéger, comme il avait été tenté de le faire pour Pilaf. La *Bella-Bartoque* n'avait pas la finesse d'étrave du *Sibélius*, elle devait se mouvoir moins rapidement, et Flopi avait sans doute une idée en tête.

Comme attirer les deux bateaux dans son sillage, par exemple. Sans être sûr pour autant qu'ils ne se sépareraient pas, chacun poursuivant sa propre proie. À moins qu'il n'ait l'intention de faire demi-tour pour les attaquer, une fois que Pilaf se serait éloigné…

De nombreuses questions demeuraient sans réponse pour WaNguira. Tout était allé très vite, beaucoup trop vite. Et une fois de plus, Gaïg manquait à l'appel. Où se trouvait-elle? Est-ce que ça pouvait mourir, une élue des dieux qui avait une mission à accomplir?

Le grand prêtre répondit non à cette dernière question. La prophétie était en voie de réalisation, tous les événements survenus ces derniers temps étaient là pour le prouver. Il suffisait d'attendre. Quitte à devoir livrer bataille, même si l'idée ne l'enchantait pas.

L'idée n'enchantait personne sur le bateau, d'ailleurs. Falop et Plofi étaient conscients qu'ils n'étaient pas en nombre suffisant. Quatre Floups sur un bout de bois flottant, cela ne faisait pas, à leurs yeux, un équipage de pirates assuré de la victoire.

Pilaf, ayant vu les Nains à l'œuvre sur leur île, se sentait plus confiant. Quand ces derniers se fâchaient, ils allaient jusqu'au bout. De plus, la petite-mignonne-gentille avait l'air assez sûre d'elle, avec son arc, dont elle expliquait le maniement à Trompe, Kodjo et Dikélédi, les trois s'étant emparé des arcs supplémentaires envoyés par Flopi. Il nota que les apprenties avaient l'air fort intéressé.

Il vit le groupe s'éloigner vers l'arrière du bateau, en quête d'une surface assez vaste pour pouvoir s'exercer. Tant pis, il se passerait de Trompe pour mettre à la voile. Il valait mieux décamper le plus rapidement possible.

Plus vite on serait fixé sur les intentions des deux bateaux, mieux ce serait. Peut-être que c'étaient de simples navires marchands, qui n'oseraient pas attaquer, craignant pour leur cargaison… La meilleure solution pour Pilaf consistait à s'éloigner, ne serait-ce que pour voir s'il était pris en chasse ou pas.

Flopi avait fait le nécessaire, sa goélette était déjà en partance, cap au nord. Pilaf donna rapidement les ordres nécessaires, assignant indifféremment des tâches à tout un chacun. Falop et Plofi expliquaient en détail aux Nains comment exécuter les manœuvres.

Heureusement, la *Bella-Bartoque*, de dimensions modestes, ne nécessitait pas un équipage nombreux et spécialisé.

La nuit tombait, il fallait en profiter pour disparaître, se dit Pilaf, en prenant sa lorgnette. Il vit alors qu'un des bateaux s'était arrêté et avait mis une barque à la mer.

Mais l'autre semblait bien se diriger vers lui…

7

Gaïg avait repris connaissance sous l'eau assez rapidement et n'avait eu qu'une idée : se cacher. Chose plus facile à envisager qu'à réaliser, puisqu'il n'y avait aux alentours aucun relief imposant, aucun trou profond susceptibles de la dissimuler.

Pour rien au monde, elle ne se serait réfugiée dans le tube déchiré qui reposait maintenant sur le sol. Elle n'avait pas la moindre envie de se retrouver prisonnière de Spongia et, de toute façon, la flaccidité du tube rendait impossible toute pénétration. L'idée que Spongia était peut-être morte lui traversa furtivement l'esprit, mais elle ne s'y arrêta pas.

Trouver une cachette était bien plus urgent. Malheureusement, la taille des quelques rochers disséminés sur le fond était négligeable, les buissons d'algues peu fournis, et si la

Sirène mâle revenait, elle la trouverait facilement.

Gaïg se sentait encore étourdie, avec la désagréable impression de n'être que partiellement lucide. Elle découvrait qu'elle avait l'esprit un peu embrumé et que son corps n'obéissait pas immédiatement à sa pensée. Comme s'il y avait un temps de latence, nécessaire à l'acheminement de la pensée vers le membre à bouger.

Ses joues gardaient un cuisant souvenir des gifles reçues et de grosses égratignures zébraient son corps. À travers une déchirure de son pantalon, elle voyait sa cuisse lacérée adopter une teinte bleutée. Elle pensa qu'elle avait dû se blesser sur les redoutables dards de la Sirène en folie.

Elle n'était pas certaine de bien comprendre ce qui s'était passé. La Sirène l'avait libérée de Spongia pour l'attaquer avec une férocité incroyable. Gaïg frémit à cette pensée et retrouva son objectif, momentanément abandonné à cause de la réflexion à laquelle elle s'était livrée : quitter les lieux le plus rapidement possible, décamper, se mettre à l'abri. Mais où ?

Sous l'eau, il n'y avait apparemment rien de sûr. Elle opta pour la surface. Son séjour sous-marin avait assez duré, bien malgré elle, il est vrai, et ne lui avait apporté que des ennuis.

Entre la fantasque Spongia et la Sirène malfaisante, elle n'avait pas eu l'ombre d'un répit.

Elle avait envie de se retrouver à l'air libre, de sentir son frôlement sur sa peau et surtout, de le respirer. Après tout, elle était une terrienne, et l'eau, malgré tout l'amour qu'elle portait à la mer, ce n'était pas son domaine.

C'était déjà étonnant qu'elle ait pu tenir aussi longtemps sous la surface. Maintenant, elle n'aspirait qu'à une chose : remonter, trouver un bateau ou une terre, s'asseoir sur du solide, du bois, et… respirer de l'air.

Flotter ne la mettrait pas pour autant à l'abri de la furie du mâle sirène, elle le savait, mais comme aucune alternative ne se présentait…

Elle avait eu très peur quand il l'avait attaquée et elle s'était défendue par pur réflexe. Elle ignorait pourquoi il avait arrêté de la battre et s'était sauvé. Ayant perdu connaissance sous l'impact des trois gifles, elle ne se souvenait de rien.

Elle nagea vers la surface, mais son trajet était ponctué de mouvements incontrôlés. Une onde de peur la parcourut, s'ajoutant à celle qu'elle éprouvait déjà. Son corps qui ne lui obéissait pas, s'exécutant avec un temps de retard, l'inquiétait beaucoup.

Il y avait des ratés dans ses mouvements et ses membres se mouvaient parfois dans une direction différente de l'impulsion donnée. Peut-être qu'elle était restée trop longtemps sous l'eau…

Quand elle atteignit la surface, elle se retint un moment avant de prendre sa première bouffée d'air. Qu'allait-il se passer? Et si elle ne pouvait plus respirer normalement?

Puis elle les vit. Deux bateaux. Pas très loin. Enfin, si, mais à une distance abordable si elle nageait dans leur direction et criait pour les alerter. Sans réfléchir, elle prit son souffle pour appeler à l'aide et commença à nager dans leur direction.

C'était son dernier espoir. S'ils ne la voyaient pas, s'ils ne la repêchaient pas, elle se laisserait couler et mourrait. Du moins était-ce ce qu'elle se répétait, sans cesser de hurler afin d'attirer leur attention.

Le souffle lui manqua assez vite, à cause de son corps récalcitrant. Le mouvement qu'elle essayait instinctivement de faire n'était pas celui qu'elle réalisait. Sa nage était complètement désordonnée.

Gaïg se sentit envahie par un découragement intense. Elle s'agitait, mais n'avançait presque pas. Elle ignorait à quel moment elle avait inspiré sa première bouffée d'air, elle n'y avait plus songé dès qu'elle avait aperçu les bateaux; mais au moins, ses poumons fonctionnaient.

Elle ne pouvait en dire autant de son corps. Même en se concentrant, elle ne réussissait toujours pas à commander à ses membres.

Tout ce qu'elle pouvait faire, c'était s'agiter à la surface, comme un chiot qu'on a jeté à l'eau pour le noyer. C'est en pensant au chiot que lui vint la pensée du poison. Elle avait vu autrefois un chien se déplacer en zigzag sur ses jambes flageolantes et se rappelait encore le ricanement sardonique de Garin qui avait lancé une pierre à l'animal en détresse en se vantant d'être un « fameux empoisonneur de cabot ».

Atteint par le projectile, le chien était tombé pour ne plus se relever. Mais les tremblements nerveux qui parcouraient son corps n'avaient pas cessé tout de suite...

Gaïg se rappelait avec effroi les terribles dards de la Sirène en furie. Quand, malgré sa pensée récalcitrante, elle parvint à relier tous ces éléments entre eux, elle comprit que le venin était en elle et qu'elle n'en avait plus pour longtemps. Le cri qu'elle poussait resta en suspens dans l'air. Fermant les yeux très fort, elle se tut, rendue muette par l'idée de l'empoisonnement.

Quand elle les rouvrit, un moment après, elle aperçut une barque dans le lointain. Voilà qu'elle délirait. Les bateaux aussi, c'était le fruit de son imagination. Des images mentales, des illusions, des hallucinations, aurait dit WaNdo, qui aimait tant utiliser tous les synonymes dont il disposait quand il expliquait quelque chose.

Le problème, avec les hallucinations, c'était qu'elles avaient l'air tellement réelles qu'on ne les distinguait pas de la réalité. Gaïg aurait juré que la barque approchait, qu'il y avait des hommes à bord, des pirates couverts de cicatrices qui ricanaient en ouvrant des bouches en partie édentées.

Ça y est. Ils étaient là, tout près. Deux d'entre eux l'attrapèrent sous les aisselles et la tirèrent à bord. Ils rirent encore plus fort, parce qu'ils ne s'attendaient pas à pêcher une morue dans ces eaux-là, disaient-ils. Elle les entendit parler de femelle, d'otarie, de Sirène à jambes, de pêche miraculeuse, de bonne fortune et de mauvais sort.

Tout cela n'avait aucun sens, elle était dans un autre monde, en train de mourir sous l'effet du poison inoculé par la Sirène mâle. Elle se rappela brièvement qu'on lui avait dit que, grâce à la piqûre des Vodianoïs, elle serait immunisée à vie contre les poisons. L'histoire était jolie, elle ignorait si elle y avait jamais cru, mais les faits étaient là : elle allait de plus en plus mal, puisqu'elle délirait.

Les visages et les corps lui semblaient flous, tour à tour énormes et boursouflés, puis évanescents, laissant place à des yeux qui devenaient immenses. Un éclair blanc jaillit de l'eau, décrivit une courbe impeccable avant d'y retomber sans provoquer la moindre éclaboussure.

Elle serra les paupières pour se rappeler une vision qu'elle avait eue de dessins en étoile sur un fond immaculé. Où était-ce donc?

Le corps agité de tremblements incontrôlés, elle se recroquevilla dans le fond de la barque. Le froid emplissait l'intérieur de son corps. Une des ombres jeta un lourd chiffon humide et poisseux sur elle, afin de la recouvrir. Elle se fit la remarque que si c'était cela, mourir, au moins elle ne souffrait pas. Enfin, pas trop. Elle ressentait surtout un froid interne qui s'emparait de son corps.

Elle entendait parler autour d'elle, sans comprendre ce qui se disait. Elle-même était incapable d'articuler le moindre mot. Et puis, à quoi bon? Gaïg choisit de se laisser aller, tout doucement, vers ce pays glacé, peuplé d'ombres et dépourvu de sensations autres que le froid.

Elle ignora volontairement ce qui se passait autour d'elle, les silhouettes qui s'agitaient, et sombra dans un état de semi-inconscience dans lequel seul le refroidissement de ses organes persistait. Un moment plus tard, même cette dernière sensation s'effaça. Ce fut le vide.

Longtemps après, ce fut la perception de la luminosité extérieure qui s'imposa en premier à son esprit. Elle prit conscience de la lumière du soleil, rouge sous ses paupières fermées. Puis la dureté du support sur lequel elle reposait attira son attention. Ensuite, elle entendit des voix et des bruits divers. Enfin, elle sentit les odeurs. De bonnes et de moins bonnes, mais de l'air. Un air salin, un air marin.

Le mouvement de roulis qu'elle percevait la confirma dans son impression d'être sur un bateau. Tout lui semblait bien réel, elle n'était pas morte. Mais elle hésitait à bouger ou à ouvrir les yeux, désireuse d'apprivoiser ce nouveau milieu avant de donner signe de vie.

Des gens parlaient et se déplaçaient autour d'elle. La prudence la poussait à feindre de dormir encore, le temps de découvrir à qui elle avait affaire.

Les souvenirs lui revenaient petit à petit, en commençant par le plus effrayant : la Sirène mâle qui l'avait attaquée. Qui l'avait aussi délivrée du tube de Spongia dans lequel elle se trouvait prisonnière, certes. Mais la sauver pour la tuer ensuite, quel intérêt cela présentait-il? Ah! oui, la bague…

Les événements survenus récemment lui arrivaient par bribes, mêlés à de plus anciens. Tout cela avec, pour bruit de fond, la vie sur un bateau qui se déplace sur la mer.

Elle écarta légèrement les paupières, mais ne vit que les planches du pont. Évidemment, puisqu'elle était allongée sur le côté. Une couverture de marin, rendue lourde et poisseuse à cause des embruns et de l'humidité, la recouvrait.

Tout à coup, elle perçut la chaleur qui régnait sous la toile, et qui la faisait transpirer à grosses gouttes. La soif fit son apparition presque aussitôt. Une soif intense, incoercible, qui la fit se dégager brutalement du tissu qu'elle ne supportait plus et s'asseoir, en clignant des yeux à cause de la luminosité.

Un marin qui passait non loin sursauta, surpris par le mouvement.

— Hé, v'la la Sirène qu'on a sauvée qui s'réveille! lança-t-il en s'approchant.

Puis, adoptant un ton cérémonieux qui contrastait étrangement avec la désinvolture de la phrase précédente, il s'adressa à Gaïg en pressant sur sa poitrine le bonnet délavé qu'il avait ôté, révélant un crâne dégarni à la peau tachée, d'autant plus visible que l'Homme en question était plutôt court sur pattes.

— Bienvenue à bord de *l'Amadeus*[1], belle petite dame! Nous ne savons pas comment vous vous êtes retrouvée dans la mer, mais nous savons comment vous êtes arrivée à bord. Étiez-vous sur un bateau qui a fait naufrage?

Gaïg hésita. Prise de court devant une question aussi directe, surprise par l'apparence de son interlocuteur – il était vraiment petit. On aurait dit un Nain… – elle hésitait à répondre, la vérité lui semblant trop longue et trop incroyable pour être énoncée. Elle prit prétexte de son état de naufragée pour simuler une reprise de conscience un peu lente, qui l'empêchait de comprendre immédiatement les paroles adressées.

— J'ai très soif, bafouilla-t-elle.

Tout en disant cela, elle réfléchissait à toute vitesse à ce qu'elle pourrait raconter de crédible à ses sauveteurs. Elle découvrait avec soulagement qu'elle avait retrouvé sa lucidité, il lui restait seulement à vérifier si ses muscles lui obéissaient. Elle fit une tentative pour se mettre sur pied, qui échoua, tellement elle était raide de partout.

— Pas si vite, belle petite dame, attendez un moment. Vous avez dormi toute la nuit, mais

---

[1]. Prononcer « A-ma-dé-ousse ».

vous revenez de loin. Vous étiez en train de vous noyer quand on vous a repêchée. Vous avez fait naufrage?

Gaïg choisit d'ignorer la question une fois de plus.

— J'ai vraiment très soif. Auriez-vous de l'eau, s'il vous plaît?

— Oui, oui, je vous apporterai de l'eau. Je veux simplement savoir ce qui vous est arrivé.

Gaïg se demanda si elle subissait un chantage de la part de l'autre. Sa courte taille n'en faisait pas un être inférieur, loin de là, et il n'abandonnerait pas son idée : il attendrait qu'elle parle pour lui donner à boire. Ne voulant pas éveiller de soupçons chez cet intimidant interlocuteur en ayant l'air de lui cacher quelque chose, elle essaya de nouveau de se mettre debout, simulant quelqu'un qui n'a pas encore recouvré ses esprits.

Tout en bougeant, elle lançait des bribes de phrases, pour faire patienter l'autre. Si elle mentait, elle risquait de se contredire à un moment ou à un autre. Il valait mieux se raccrocher à la vérité, la garder comme fil directeur, en évitant d'en dire trop. Mais c'était quoi, « trop »?

— Oui, j'étais sur un bateau... J'ai voulu me baigner, et il est parti sans moi... Je suppose qu'ils n'ont pas vu que je n'étais pas à bord... J'ai crié pour les appeler, mais ils n'ont pas entendu... Ils étaient trop loin...

Pendant ce temps, d'autres marins s'étaient approchés, y compris un qui devait être le capitaine, à en juger par son costume soigné, outrageusement décoré, et par son air réservé. Il n'avait encore rien dit, se contentant d'observer la situation du haut de sa taille démesurée qui contrastait avec celle du matelot.

Un grand blond arrivait d'un pas nonchalant, souriant doucement, une carafe et un gobelet à la main. Gaïg, surprise par l'intensité de sa soif, le vit venir avec un plaisir évident. Elle se sentait desséchée comme une algue sur la plage et, sous peu, elle deviendrait aussi friable que ces petits crabes secs qu'elle se plaisait à ramasser autrefois sur les rochers de la baie qui bordait son village.

— D'où venez-vous? insista le premier marin, que Gaïg, faute de mieux, surnomma d'office Le Courtaud.

— Du pays de N'Dé, fit-elle d'une voix assurée, destinée à mettre l'autre en confiance.

Son intonation eut l'effet escompté, puisqu'il s'adressa au porteur d'eau :

— Sers-lui à boire, Foutibon.

Il se mit alors à discuter avec le capitaine et les autres matelots dans une langue qu'elle ne connaissait pas. Occupée à étancher sa soif, elle ne prêtait qu'une attention distraite à leurs paroles. Elle avala coup sur coup deux verres d'eau et tendait le gobelet pour un troisième remplissage quand elle réalisa qu'on parlait d'elle.

— Plutôt desséchée, la Sirène. Sais pas si elle vient vraiment de N'Dé, ou du fin fond de l'océan, avec la tête qu'elle a. On dirait un poisson... Faudrait la sentir, pour voir...

S'ensuivirent une série de rires gras et de plaisanteries douteuses, dont Gaïg ne saisit pas le comique. La langue employée, bien qu'inconnue, lui devenait accessible grâce à la Pierre des voyages. Les autres, ne se doutant pas qu'elle comprenait leurs dires, continuaient leur conversation, tout en la dévisageant sans aucune gêne.

Gaïg jugea plus prudent de leur cacher que leurs échanges avaient une signification pour elle. Il était question d'un baleineau dont on tirerait un bon prix si on le vendait au poids. Après avoir testé sa fraîcheur, naturellement...

Gaïg avala de travers quand elle comprit que c'était elle le baleineau. Les larmes lui montèrent aux yeux immédiatement, tellement elle avait mal. Était-elle donc si laide et si grosse que ça, pour que même des marins aguerris se moquent d'elle? Ayant avalé de travers, elle toussa plusieurs fois, rendant l'eau par les narines, ce qui provoqua un redoublement de ricanements chez les matelots.

Seul Foutibon ne riait pas. Gaïg vit un éclair de colère traverser son regard, tandis qu'il lui chuchotait rapidement, comme s'il ne voulait pas être entendu des autres :

— Ne t'occupe pas d'eux, ils ricanent parce qu'ils se sentent perdus devant ce qui est différent d'eux. Ce qu'ils disent n'a pas d'importance. Tu ne les comprends pas parce qu'ils parlent la langue des Contrées de l'Est. Ils viennent de là-bas. Et ils rient parce qu'ils ne savent pas quelle autre attitude adopter. Mais ils rient jaune, en réalité. Bois plus lentement et ça ira mieux. Tu avais très soif, on dirait. Tu…

— Dis donc, Foutibon, que lui racontes-tu, à notre dame des mers? l'interrompit Le Courtaud. Gare à toi, si tu inventes des histoires…

— Lui conseiller de boire plus lentement pour reprendre son souffle, c'est des histoires? lança Foutibon, agacé.

— Oui, c'est des histoires, si ça prend trop de temps pour être expliqué! N'oublie pas qu'toi aussi, on t'a en quelque sorte sauvé des eaux. Tu n'fais pas partie de l'équipage!

— Oh, ça va, Régilien, je sais. Je ne risque pas de l'oublier, tu me le rappelles assez comme ça.

Mais je fais aussi ma part de boulot sur l'*Amadeus*, non?

— Mouais, admettons… Mais la dame des mers, elle est pas pour toi!

Puis il ajouta, dans cette nouvelle langue :

— Dans les Contrées, ça s'vend au poids, ces poissons-là…

La remarque fut ponctuée par des ricanements et des railleries qui firent frémir Gaïg. Elle avait entendu parler des Contrées de l'Est, ces territoires lointains situés de l'autre côté de la mer d'Okan, face au pays de N'Dé, mais elle connaissait peu de choses sur eux. Elle savait qu'ils existaient, qu'ils étaient très peuplés et que la famine y sévissait. C'était tout.

8

À vrai dire, Gaïg craignait maintenant d'en découvrir davantage sur les tristes héros qui l'avaient recueillie. Elle avait compris qu'elle serait vendue, mais pourquoi au poids? Généralement, ceux qui faisaient l'objet d'un commerce étaient destinés à être domestiques, pour ne pas dire esclaves.

Avec les Kikongos, elle en avait appris un peu plus sur l'esclavage. Il n'avait pas cours au pays de N'Dé, mais la pratique était courante sur d'autres territoires. Les Kikongos n'avaient pas subi l'outrage de la vente, puisqu'ils avaient été faits prisonniers. Néanmoins, Gaïg savait que sur le marché, les critères d'achat reposaient principalement sur l'âge et la santé de l'individu. Les femmes valaient plus quand elles étaient encore en âge de se reproduire, donc de fournir une main-d'œuvre gratuite au maître.

Mais le poids n'entrait pas en ligne de compte. La prenait-on réellement pour un poisson? Malgré ses deux jambes, ses deux bras et sa tête? Ou bien ces gens-là mangeaient-ils leurs semblables?

Cette pensée la confirma dans sa décision de quitter ce bateau, qui se révélait si peu hospitalier, à la première occasion. Son sauvetage lui avait permis de récupérer, elle avait respiré de l'air, dormi toute une nuit, et l'effet nocif du poison inoculé par la Sirène mâle semblait dissipé. Elle avait également réussi à se mettre debout, preuve que ses muscles lui obéissaient.

Sachant qu'elle fausserait compagnie très facilement à ses sauveteurs, Gaïg décida de rester encore à bord. Quand les événements prendraient mauvaise tournure, elle plongerait et demeurerait dans les profondeurs jusqu'à ce que le bâtiment s'éloigne. Mais passer à l'acte dans l'immédiat, c'était risquer de retomber sur la Sirène mâle. Il valait mieux que cette dernière perde sa trace.

Elle pensa à sa bague en Nyanga. Les Hommes ne l'avaient pas vue, bien entendu, mais Gaïg prévoyait qu'elle s'en servirait aussi le cas échéant. Ceux qui l'approcheraient de trop près hurleraient de douleur sous l'effet de la brûlure.

Elle se sentit un peu rassurée. Pour le moment, il fallait endormir leur méfiance, les convaincre de son incapacité à se défendre. Elle tendit son gobelet à Foutibon, davantage pour donner le change que pour satisfaire une soif déjà étanchée.

Celui qui semblait assumer le rôle du capitaine intima l'ordre de se disperser aux matelots. Ils s'éloignèrent aussitôt pour reprendre leur service. Comme Régilien ne bougeait pas, couvant Gaïg avec des yeux globuleux d'affamé, le capitaine l'interrogea du regard. Il répondit qu'il n'était pas de quart et proposa de faire visiter le bateau à la « belle petite dame ».

Le capitaine hésita un bref instant, puis s'éloigna en haussant les épaules, après avoir jeté un rapide coup d'œil à Foutibon.

Gaïg hésitait sur la conduite à tenir. Elle n'éprouvait aucune envie de visiter le bateau en compagnie des deux marins. Avec Foutibon à la rigueur... Il avait l'air doux et gentil, et Gaïg lui faisait instinctivement confiance. En revanche, elle ressentait une antipathie irraisonnée pour Régilien, qu'elle devinait sournois et vicieux, juché sur ses jambes trop courtes.

Ce dernier la considérait avec insistance, cherchant à croiser son regard, tout en affichant un sourire rose-violet de gencives édentées. Il jetait souvent un coup d'œil sur ses mains, à la sauvette, et Gaïg se demanda s'il voyait sa bague. Non, puisque c'était un Homme. Pourquoi cette insistance, alors? À moins que ce ne fût un Nain... Il était tellement petit, comparé à ses compagnons... Pas assez néanmoins pour appartenir à la famille de Nihassah. Et puis, que ferait-il là?

Tout en lui rebutait Gaïg : son bonnet crasseux et délavé, ses yeux porcins, ses paupières tombantes, son buste poilu couturé de cicatrices, ses paumes calleuses au bout de ses bras trop courts, ses ongles sales, ses jambes torses, ses pieds déformés couverts de bobos suintants...

Son ventre dépassait d'un pantalon maculé, porté très bas sur les hanches, retenu par un lacet mollement attaché.

Sa tenue gênait Gaïg qui détourna les yeux, se plongeant dans la contemplation de l'océan, tout en s'en voulant de cet *a priori.*

Comment pouvait-elle juger quelqu'un aussi vite, en se basant sur son apparence physique? Régilien n'était peut-être pas un mauvais bougre, après tout. Elle fit un effort sur elle-même pour se retourner et lui sourire mais... elle n'y réussit pas.

Elle se rendit compte alors que ce n'était pas tant son allure physique qui la rebutait que ses plaisanteries douteuses, le fait qu'il l'ait traitée comme une marchandise et qu'il ait parlé de la vendre en fonction de son poids. Son aspect moral la révulsait, les idées pourries naissant sous ce front tavelé, en un mot, la méchanceté et le mépris dont il avait fait preuve à son égard.

Régilien faisait mine de respecter son silence, sans doute pour l'apprivoiser, se dit-elle. Mais quand il donna l'ordre à Foutibon de se préparer à briquer le pont, Gaïg tressaillit. Il voulait demeurer seul avec elle, c'était évident.

Foutibon dut comprendre cela aussi, puisqu'il rétorqua que la chose avait été réalisée peu auparavant, le matin même. Le regard de Régilien se durcit alors qu'il utilisait la langue des Contrées de l'Est pour informer Foutibon de débarrasser le plancher immédiatement et d'aller se faire encadrer le portrait ailleurs avant qu'il ne le lui modifie.

Gaïg sentit la panique l'envahir. Le souvenir de Garin lui revint en mémoire. Plus Régilien la regardait, plus elle redoutait le tête-à-tête avec lui. Les autres matelots étaient pris par leurs tâches et si Foutibon partait, elle se retrouverait seule avec le marin chauve.

— Je n'ai pas envie de visiter le bateau, annonça-t-elle fermement. Je vais aider Foutibon à briquer le pont. Après tout, c'est une façon comme une autre de payer mon voyage...

L'attaque fut si inattendue et si rapide qu'elle ne la vit pas venir. Elle se retrouva sur le sol, Régilien sur elle. Il maintenait son bras au-dessus de sa tête et essayait de lui ôter sa bague. Foutibon intervint immédiatement pour le tirer en arrière, mais le scélérat était fort.

Instinctivement, Gaïg ouvrit la bouche pour le mordre, tout en le repoussant de toutes ses forces avec l'autre main. Elle se demanda si elle était une vampire quand elle referma ses mâchoires sur sa gorge.

Le bougre se débattit pour se dégager, mais Gaïg, si écœurée fût-elle, était décidée à aller jusqu'au bout : lui enlever un bout de chair, comme à la Sirène mâle.

Le dégoût fut quand même le plus fort et quand elle sentit le goût du sang, elle lâcha tout. Régilien se redressa immédiatement. Foutibon, le tirant en arrière par les épaules, l'aida malgré lui à se libérer.

Le Courtaud jeta un crachat sur Gaïg, donna plusieurs vigoureux coups de poings au passage à Foutibon, avant de s'éloigner, plein de rage et de colère.

Curieusement, tout s'était passé dans le plus grand silence. Gaïg avait vu le visage convulsé de douleur de son assaillant, mais pas un cri ne lui avait échappé.

Elle était encore sous l'effet de la surprise, tellement la scène s'était déroulée rapidement. Elle n'avait pas été sur ses gardes, pensant que l'autre attendrait d'être seul avec elle pour passer à l'action. Visiblement, il voyait sa bague, et elle l'intéressait, puisqu'il avait voulu s'en emparer… Quel porc, quand même! Un animal sur deux pattes, voilà ce qu'il était! *Régichien*, tel était son véritable nom! La présence de Foutibon ne l'avait même pas retenu…

Ce dernier était encore groggy à cause des coups de poings reçus. Son nez saignait. Il s'assit lourdement sur le sol à côté de Gaïg.

— Je savais ce qu'il avait en tête, articula-t-il péniblement, c'est pourquoi je ne voulais pas te laisser seule avec lui. Ils ne pensent tous qu'à ça depuis qu'ils t'ont repêchée. Ça fait plusieurs semaines qu'ils sont en mer…

Gaïg comprit que Foutibon se méprenait. Elle agita la main devant son visage, comme pour s'éventer, mettant ainsi la bague en évidence. Mais Foutibon n'eut aucune réaction. Le joyau demeurait invisible pour lui. Comment se faisait-il que Régilien la voie, alors?

— Je crois que je vais retourner très vite à l'eau…

Foutibon eut un haussement d'épaules impuissant.

— Je ne sais pas ce qui vaut mieux… Il ne reviendra pas tout de suite, ça te laisse un répit. Si les autres apprennent qu'il t'a attaquée, il lui en coûtera. Mais il ne dira rien, bien sûr. Et puis, tu lui as fait mal, visiblement.

Gaïg était stupéfaite, tout se mélangeait dans sa tête. Différents dangers la menaçaient, mais la même question revenait, insistante : Régilien était-il un Nain, comme sa taille pouvait le laisser croire? Prêt à voler du Nyanga?

Ce n'était pas la vision qu'elle avait des représentants de ce peuple, mais Nihassah l'avait mise en garde : ses frères n'étaient pas des êtres parfaits et il y avait parfois du danger sous la terre.

Malgré tout, Gaïg n'arrivait pas à considérer Régilien comme un Nain à part entière, matelot sur un bateau. Une contradiction subsistait, entre la taille de l'individu, trop grand pour être un Nain, sa veulerie, et le fait qu'il perçoive l'éclat du Nyanga.

Elle s'éloigna de Foutibon en se traînant sur les fesses, envahie par la nausée à l'idée des pensées corrompues qui animaient ses prétendus sauveteurs. Elle n'avait aucune raison de s'attarder sur ce bateau, son équipage était trop dangereux. Elle se mit debout, encore vacillante.

Foutibon se leva, en équilibre précaire lui aussi. Gaïg se rappela qu'il y avait deux bâtiments la veille. Pourquoi avait-il fallu que ce soit celui-ci qui mette une barque à la mer pour la sauver? Et pouvait-on appeler cela un « sauvetage »? Ils avaient pêché un jouet, oui, un objet.

D'ailleurs, ils l'avaient davantage considérée comme un animal que comme une personne, puisqu'ils l'avaient traitée de baleineau. Cela dit, elle n'avait aucune assurance que l'autre équipage se serait mieux comporté à son égard.

Entre le sort qu'ils lui réservaient et la mer, elle préférait l'eau. À condition de ne pas se retrouver face à la Sirène mâle. Gaïg se sentait coincée, aux prises avec un danger qui l'attendait, où qu'elle aille. Elle avait envie de plonger immédiatement, mais elle hésitait, à cause de ses récentes expériences sous-marines. Foutibon continuait à parler.

— Retourner à l'eau, c'est la mort assurée. Tu étais en piteux état, quand ils t'ont repêchée. Tu avais des mouvements nerveux, incontrôlés, comme si tu avais très froid. De plus, tu es couverte d'égratignures.

« Mais si tu restes sur ce rafiot, c'est une autre mort qui t'attend… Cette ordure de Régilien reviendra à la charge. »

— Je le déteste! murmura-t-elle, les dents serrées. Il est complètement détraqué... Il n'est même pas normal, physiquement...

— Les autres disent que sa mère était une Naine... Je ne sais pas si c'est vrai. Mais vu sa petite taille, on peut se poser la question... Il n'y a que des dégénérés sur ce bateau... Moi le premier, d'ailleurs. Je ne vaux pas mieux qu'eux, si je reste là...

« Mais je ne voudrais pas qu'il t'arrive malheur. Cet équipage est capable de tout et n'hésitera pas à te maltraiter. »

— Je préfère encore la noyade, je crois.

— Dire qu'il y avait trois autres bateaux, et il a fallu que tu tombes sur celui-ci. Remarque, le *Wolf-Gang*, celui qui faisait voile avec nous, ne vaut guère mieux. Ce sont des marchands des Contrées de l'Est.

— Ce ne sont pas des gentils, en tout cas...

— Pour eux, tout s'achète et tout se vend. Ou se prend. Parfois, ils se transforment en pirates qui n'hésitent pas à se lancer à l'abordage d'autres navires. C'est ce qu'ils avaient l'intention de faire, quand ils ont vu les deux autres bâtiments, la nuit dernière.

— Ils vont se battre?

— Depuis hier, nous avons pris en chasse une goélette de Floups. L'abordage aura lieu ce soir, on attend la nuit. Des pirates contre des pirates, ça promet!

Gaïg avait dressé l'oreille. Le seul Floup qu'elle connaissait s'appelait Pilaf et il ne l'aimait pas beaucoup. Fuir un bateau d'Hommes avides pour se réfugier dans une goélette de petits Floups sanguinaires, il y aurait eu de quoi rire, si la situation n'avait pas été aussi dramatique. Mais Foutibon poursuivait.

— Si l'abordage a lieu, tu peux émigrer chez les Floups. Ils détestent les Hommes, mais c'est une chose à tenter. Tu es une fille et tu es jeune, peut-être qu'ils ne te feront pas de mal. Après tout, les rares fois où les Hommes capturent un de leurs enfants, ils en font des mousses qu'ils ne maltraitent pas plus qu'un mousse ordinaire. Parce que rester sur cette coque de noix pourrie...

— Je peux toujours essayer, énonça Gaïg, dubitative. Ce ne sera pas facile...

— Je t'aiderai.

— Pourquoi? interrogea Gaïg à brûle-pourpoint.

Foutibon hésita, devint songeur et se tut. Puis il murmura, rougissant, presque pour lui-même :

— Tu me rappelles une dame que j'ai beaucoup aimée autrefois.

Gaïg resta silencieuse. Que pouvait-elle répondre? Elle ne connaissait personne qui lui ressemblât et était incapable de mettre Foutibon sur les traces de sa bien-aimée. Mais elle comprenait sa tristesse.

— Et tu la trouvais jolie? s'entendit-elle demander

Elle regretta aussitôt sa question. Qu'allait-elle chercher là? Sur quel territoire dangereux, porteur de souffrances futures, s'aventurait-elle? Elle s'apprêtait à annuler la question, mais il la devança.

— Plus que jolie. Elle était belle. À sa manière, bien sûr. Magnifique. Comme toi!

Gaïg demeura muette de saisissement. C'était la première fois de sa vie qu'un Homme la trouvait jolie. Était-ce possible? Elle fixa Foutibon avec insistance, pour le tester. Il était sérieux, n'ayant l'air ni de mentir ni de plaisanter.

— Qu'est-ce que tu fais sur ce bateau? questionna-t-elle. Tu n'es pas comme les autres…

— Non, je ne suis pas comme les autres. Mais je ne suis pas différent non plus. Par ma bêtise, j'ai laissé échapper mon bonheur. Ils m'ont trouvé sur un vieux machin qui prenait l'eau, à moitié fou, prétendent-ils, en quête d'une créature inexistante. Ils m'ont récupéré, et quand ils ont voulu me débarquer, j'ai refusé. Ils m'ont gardé à bord...

Comme Gaïg ne disait rien, il poursuivit.

— Ça fait des années de cela. Je les aide, je fais n'importe quoi ici, je sers même de chirurgien, quand il y a une jambe à couper. C'est pourquoi ils m'ont surnommé Foutibon, parce que je suis bon à tout.

« Sauf en cas d'abordage. Je ne tue pas mes semblables par appât du gain. C'est aussi la raison pour laquelle je ne fais pas partie de l'équipage, d'ailleurs. Mais Pylore – c'est le capitaine – accepte ma présence à bord. »

— Mais pourquoi restes-tu avec eux, alors?

Foutibon haussa les épaules, l'air las et désabusé.

— À cause de la mer, je suppose.

Tout autre que Gaïg eût sans doute questionné davantage, insatisfait de la réponse. Mais l'amour de la mer, le désir de vivre près d'elle, le besoin de sa force rassurante, tout cela, elle pouvait le comprendre. C'était à sa portée puisqu'elle partageait la même attirance.

— Attends ce soir, on verra comment les choses tourneront avec l'autre bateau, conseilla Foutibon. Au pire...

Il fut interrompu par un matelot qui lui adressa vivement la parole dans la langue des Contrées de l'Est. Gaïg avait saisi, mais elle n'en laissa rien paraître, quand Foutibon traduisit le message pour elle.

— Régilien va très mal, semble-t-il. Il ne peut pas prendre son quart, il veut dormir. Sa langue a gonflé dans sa bouche. Ça l'empêche de respirer.

Gaïg pensa immédiatement à la morsure infligée et se réjouit. Bien fait pour lui! Elle ignorait si Foutibon s'était rendu compte de ce qu'elle avait fait. Pour la bague, il ne pouvait savoir, puisqu'il ne la voyait pas. Mais la morsure?

Comme il n'émettait aucun commentaire, elle ne jugea pas utile de le renseigner. Néanmoins, elle était un peu étonnée que l'enflure ait pris de telles proportions.

— Tu viens avec moi? proposa Foutibon. Je vais voir de quoi il en retourne, mais ce n'est peut-être pas prudent que tu restes seule ici…

Elle consentit à l'accompagner, soulagée intérieurement qu'il lui ait offert cette opportunité. Elle se demanda si elle aurait la patience d'attendre pour essayer de se glisser dans la goélette des Floups le soir même.

Que se passerait-il, une fois à bord? En quoi cela la protégerait, de dire qu'elle connaissait Pilaf? Les marins de la *Bella-Bartoque* le connaissaient aussi, après tout… Se seraient-ils pour autant montrés plus gentils envers elle? Elle en doutait fort, et en concluait qu'il n'y avait aucune raison pour que cela incline les Floups à la clémence.

Peut-être valait-il mieux plonger tout de suite. Au risque de retomber sur la Sirène mâle... Elle examinait les deux solutions, pesant le pour et le contre. Tout en réfléchissant, elle emboîta le pas à Foutibon qui se rendait au chevet de Régilien.

Dès qu'elle pénétra dans l'entrepont, elle eut le souffle coupé par la pestilence qui s'en dégageait, et s'arrêta, désireuse de retourner à l'air libre. Foutibon remarqua son hésitation, il lui sourit.

— Ça ne sent pas très bon, je le reconnais, même si je suis habitué. Mais je pense vraiment qu'il est plus prudent pour toi de demeurer avec moi. On ne sait jamais...

Sa phrase resta en suspens, il ignorait le nom à mettre à la fin.

— Comment t'appelles-tu, au fait?
— Gaïg.
— Gaïg. C'est joli. Comme tu le sais, moi, c'est Foutibon. Enfin, ce n'est pas mon vrai nom... Allez, viens, Gaïg.

Il lui tendit la main pour lui donner du courage, et Gaïg accepta l'amitié qui s'offrait ainsi. Elle introduisit sa petite main dans la grande et fut surprise par la douceur de la paume. Non, ce n'étaient pas des mains de marin. Elle se sentit émue, sans pouvoir expliquer pourquoi. Elle choisit de faire confiance à Foutibon.

En approchant du hamac dans lequel reposait Régilien, elle eut un pressentiment, qui se confirma quand elle le vit. Une langue énorme et violacée pointait hors de la bouche, essayant de laisser un passage pour l'air vers les poumons.

La taille atteinte par l'organe, sa couleur, ça lui rappelait quelque chose. Elle trouva très vite. Sa jambe, après la morsure de la Vodianoï.

Elle fut horrifiée par sa découverte. Se pouvait-il qu'elle porte en elle le venin des Vodianoïs? Serait-elle devenue venimeuse?

9

Flopi était intrigué. Le bateau le suivait depuis la nuit précédente. Il l'avait escorté toute la journée, tout en demeurant à une distance respectable, sans tenter un quelconque abordage. Son attitude était pour le moins curieuse.

La veille, juste avant de se séparer de Pilaf et de partir vers le nord, Flopi avait vu l'autre équipage mettre une barque à la mer. Pressé de partir, il ne s'était pas posé de question. Sans doute une avarie à réparer sur la coque, ou un objet tombé à l'eau à récupérer.

Peu lui importait, tout ce qui pourrait augmenter la distance entre leurs deux bâtiments serait considéré favorablement. Il avait vaguement décidé qu'il n'attaquerait pas. Il valait mieux retrouver Pilaf de l'autre côté de la mer des Vents morts, et là, on aviserait. En espérant qu'il n'ait pas été abordé de son côté…

On ne pouvait jamais savoir, avec ces gens des Contrées de l'Est, moitié marchands moitié pirates.

En effet, Flopi était sûr maintenant de les avoir identifiés. Et il les connaissait, ces Hommes à la double personnalité, comme il connaissait à peu près tout ce qui flottait sur les mers. Au cours de ses multiples années de navigation, il avait acquis une connaissance étonnante des océans, de leur surface et même de leurs profondeurs. Mais superstition oblige, il respectait ces dernières et préférait ignorer ce qui se déroulait sous la surface.

Selon l'importance de leur cargaison, les équipages des Contrées optaient pour une identité ou une autre. Leurs cales pleines, ils prétendaient être d'honnêtes marchands cherchant à écouler leurs marchandises. Mais si les cales étaient vides, il fallait les remplir à n'importe quel prix. Dans ces circonstances, ils n'hésitaient pas à attaquer d'autres bateaux pour s'emparer de leurs biens.

Flopi avait d'abord espéré que leurs soutes étaient remplies de marchandises diverses, auquel cas les gens de l'Est les auraient ignorés. D'autant plus que, généralement, c'était les Floups qui déclenchaient l'offensive les premiers. *Aborder d'abord*, telle était leur devise.

Rares étaient les Hommes qui se risquaient maintenant à donner l'assaut à un bâtiment arborant le pavillon floup, cette banderole violine à triple pointe affichant la lettre F dessinée avec des os de différentes tailles, suivie au choix du nom du capitaine ou de celui du bateau, parfois des deux.

Flopi, dans un élan de modestie – c'est ainsi qu'il avait qualifié le fait –, avait fait suivre le grand F de Floup des lettres l-o-p-i inclinées et étirées en largeur, afin de représenter les flots sur lesquels voguaient la silhouette de son bateau, dont la coque était formées par les lettres de son nom, le *Sibélius*. L'ensemble, bien que chargé, donnait un résultat heureux, dont le capitaine était très fier.

Le pavillon était systématiquement hissé dès qu'un autre bâtiment était en vue, afin que l'équipage de ce dernier apprenne immédiatement et sans ambiguïté à qui il aurait affaire. S'il décidait de déclencher les hostilités, il ne pourrait par la suite s'en prendre qu'à lui-même.

Dans la situation présente, Flopi trouvait bizarre cette poursuite qui n'en était pas une. Quelque chose devait aller de travers sur l'autre bateau. Son allure était irrégulière et il demeurait toujours hors de la portée d'un quelconque projectile.

Flopi se doutait que ses poursuivants attendaient la nuit pour attaquer, et il avait décidé qu'il ne leur laisserait pas cet honneur. À la brunante, il avait viré de bord, prêt à donner le signal de l'abordage quand il aurait rejoint ces imprudents marchands pirates des Contrées de l'Est.

Comme les deux bâtiments se rapprochaient l'un de l'autre, il avait soigneusement étudié le profil de son futur adversaire à la lorgnette, avait observé les marins sur le pont, essayant de les dénombrer et, maintenant que le soir tombait, il réfléchissait.

La situation ne se présentait pas si bien que ça et il se demandait s'il ne ferait pas mieux de renoncer. En effet, il avait vu les marins jeter à la mer un volumineux paquet blanc dont il avait tout de suite deviné la nature : un corps dans un linceul. Quelqu'un était mort à bord.

C'était là un présage à ne pas négliger. Quand la Mort rôdait dans les parages, il était toujours plus prudent de prendre ses distances. La chance à saisir, c'était de s'éloigner quand elle visitait les autres. Elle pouvait ainsi se repaître à loisir de l'ennemi et, une fois rassasiée, se retirer. Elle se tenait alors tranquille jusqu'à sa prochaine faim.

Flopi était bien conscient de ce terme inéluctable, mais tant qu'à alimenter la bougresse affamée, il valait mieux que ce soit le plus tard possible. L'appétit de celle-ci était insatiable depuis la création du monde, et il préférait qu'elle l'assouvisse avec d'autres chairs que la sienne et celle de ses marins. Mais sa curiosité était éveillée, sa crainte aussi, et il se demandait ce qui avait pu provoquer ce décès.

Pour lui, la seule fin naturelle, c'était la vieillesse. Un corps usé d'avoir trop joui des plaisirs terrestres, un esprit devenu blasé pour avoir trop expérimenté, un détachement général face à la vie, à ses joies et à ses turpitudes, c'était là l'ordre naturel des choses, dans lequel la mort apparaissait comme une délivrance.

Tout autre décès relevait de l'insolite, de l'accidentel, de l'anormal, du fait singulier dont il valait mieux se préoccuper, parce qu'il n'aurait pas dû arriver.

Tant qu'on pouvait expliquer une fin prématurée par une blessure fatale récoltée lors d'une bataille, passe encore. Mais, pire que cela, il y avait la maladie. Qui ne se contentait pas toujours d'une seule victime. Dans l'espace restreint du bateau, la maladie avait tendance à se propager et un marin malade avait vite fait de contaminer les autres.

Flopi avait parfois fait demi-tour plutôt que d'affronter un équipage dont il n'aurait pourtant fait qu'une bouchée. Il redoutait un bateau plein d'affamés squelettiques aux dents déchaussées qui tomberaient au moindre coup de poing. Dans ces cas-là, il n'engageait même pas le combat.

Il savait que l'équipage était déjà en partance pour les territoires dont on ne revient pas. Dans la majeure partie des cas, les Hommes, s'ils ne rejoignaient pas la terre ferme, finissaient par succomber. Flopi s'était parfois demandé si leur maladie provenait de nourritures avariées, conservées trop longtemps à bord.

Il n'en était pas certain, mais en bon Floup, il avait toujours respecté la tradition culinaire de ses ancêtres, si étranges fussent-elles : la chair à terre, les plantes en mer. Bien que les équipages floups ne soient pas totalement végétariens sur les bateaux puisqu'il leur arrivait de consommer les produits de leur pêche, ils faisaient une ample provision de fruits et de légumes avant chaque voyage.

Il faut croire que ce régime alimentaire leur réussissait et présentait un rapport avec l'état de santé général, puisque les Floups n'avaient jamais montré les signes de dénutrition affichés par ces équipages faméliques aux gencives sanguinolentes et à la peau couverte d'ecchymoses. Certains Floups poussaient même le luxe jusqu'à embarquer des plantes en pots, dont ils récoltaient les fruits pendant voyage.

Flopi n'allait pas jusque-là, jugeant que la réserve d'eau supplémentaire, nécessaire à l'arrosage des plantes, alourdissait trop la goélette. Il préférait effectuer de fréquentes escales afin de se réapprovisionner en produits frais. Néanmoins, il avait respecté la tradition des pieds de piments mis à la disposition de l'équipage, et dont chacun croquait allègrement les fruits.

Les Floups consommaient généralement une nourriture très épicée, mais le piment n'était jamais cuit avec les autres aliments. Il était toujours ajouté au dernier moment, en brûlantes rondelles crues qu'on habituait les enfants à grignoter dès qu'ils pouvaient le supporter.

En observant le bâtiment qui les suivait depuis la veille, ce n'était pas tant la maladie des dents tombantes que Flopi redoutait pour ses matelots, que l'autre, la terrible, celle qu'on ne nommait pas, cette fièvre des flots qui transformait les bateaux en fantômes des mers voguant au gré des vents et des courants, puisqu'on leur refusait l'accostage dans tous les ports connus.

Flopi avait appris à reconnaître de loin les symptômes de la fièvre des flots, rien qu'en observant ce qui se passait sur le pont de ces bateaux-là. Un équipage hébété, vomissant des humeurs noires, la peau parcourue de frissons, et tellement sensible à la lumière que les marins se couvraient les yeux avec un bandeau de tissu. Le visage rouge et convulsionné, ils toussaient à se déchirer les poumons.

Souvent, les provisions d'eau étaient épuisées depuis longtemps, et les malades, oubliant qui ils étaient, en face de qui ils se trouvaient, réclamaient à boire à cor et à cri.

Malgré son nom, la fièvre des flots sévissait parfois à terre. La croyance était alors courante qu'elle se transmettait en respirant le même air qu'un malade, et les Floups, pour conjurer ce terrible mal, disposaient d'un seul remède : *Pars vite, va loin et reviens tard.*

En approchant de *l'Amadeus,* dont il se trouvait maintenant suffisamment près pour distinguer les détails de la vie à bord, malgré la nuit tombante, Flopi n'avait toujours pas compris les circonstances du décès. Il était certain qu'un des marins avait établi, contre son gré, sa dernière demeure dans les profondeurs, mais ce n'était apparemment pas à cause d'une de ces maladies qualifiées de communautaires parce qu'elles atteignaient tout le groupe.

Restait l'hypothèse de la querelle entre matelots, peut-être sous l'emprise de la boisson. Ou alors, la déveine était à bord. Flopi frémit.

Cette déveine, c'était la pire des maladies. Une série de catastrophes qui s'enchaînaient, qui s'acharnaient sur un bâtiment et son équipage, parce qu'une règle avait été enfreinte.

Il est vrai que les règles étaient nombreuses, qui visaient à éloigner Dame Déveine du bateau. Celle des mots interdits était l'une des plus respectée. Prononcer des termes comme « corde » ou « ficelle », utiliser les verbes « pendre » ou « serrer » à quelque temps que ce soit, c'était provoquer le sort.

Un vocabulaire très spécialisé avait été créé pour remplacer ces termes porteurs de malchance : les cordes étaient devenues des bouts, des manœuvres, des filins et on bordait une voile pour la tendre.

Dans le règne animal, il valait mieux choisir des animaux sachant nager et éviter les rongeurs, surtout la *bête aux longues oreilles,* le lapin pour ne pas le nommer, si friand du chanvre des cordages, et même du bois dans les membrures.

Les rats étaient mal vus pour les mêmes raisons, mais un bateau abandonné par ses rats c'était mauvais signe. Cela signifiait que les rats, pressentant le naufrage à venir, avaient quitté le futur cercueil flottant.

Les Floups avaient résolu le problème à leur façon : un rat sur le pont, à l'arrière, enfermé dans une cage métallique ouverte sur un seul côté, celui qui donnait sur la mer. S'il voulait se sauver, il n'avait d'autre choix que de plonger. Sans espoir de rattraper le bateau.

Généralement, il restait dans sa cage aux parois grillagées, nourri par les marins eux-mêmes. L'histoire le disait : les rares fois où un rat avait préféré affronter les gouffres amers, le bateau avait sombré…

Parmi les plantes embarquées, les noix de coco étaient bien vues, parce qu'elles flottaient naturellement et pouvaient parcourir de grandes distances, portées par les flots. Les pieds de piments aussi, parce que très généreux en fruits nutritifs, éloignant la maladie.

L'ail éloignait la malchance, à condition de le nouer en tresses, accrochées au plafond de la cuisine, et de toujours garder une gousse du voyage précédent dans toute nouvelle traversée. En revanche, les fleurs coupées ou séchées étaient proscrites, symbolisant de façon trop évidente un fil de vie prématurément rompu, avant d'avoir pu fructifier…

De même, un bateau ne devait jamais être débaptisé. Ses propriétaires successifs, si nombreux fussent-ils, devaient lui garder son nom d'origine.

Si les règles qui gouvernaient les superstitions étaient à peu près les mêmes chez les

Hommes et chez les Floups, quelques petites différences subsistaient néanmoins.

En ce qui concernait la présence des femmes à bord, ceux-ci se montraient un peu moins stricts que ceux-là. Flopi avait accepté sans trop de réticences la présence de Trompe à son bord pendant plusieurs années, et il n'avait pas hésité à embarquer Afo, Keyah et Macény quand les Nains étaient venus le trouver.

Mais à ses yeux, toutes les femmes, ces gaspilleuses de sang, gaspilleuses de vie, n'étaient pas pareilles. Trompe, bien que de sexe féminin, était avant tout une Floupe. Les Naines étaient… des Naines. Tout cela plaidait en leur faveur. Tandis que les femmes des Hommes, c'étaient de vrais porte-malheur, engoncées dans des jupes qui retenaient le vent, gênant l'avancée du bateau.

* * *

Pilaf, plus influencé par les Hommes qu'il avait fréquentés pendant sept ans, avait été davantage conscient de la présence du sexe féminin à bord de la *Bella-Bartoque*, quand il avait fait le compte de ses forces vives.

Il avait tellement entendu les vieux marins raconter d'abominables histoires survenues dans un bâtiment parce qu'il y avait une

« femelle » à bord, qu'il ne pouvait empêcher la méfiance de s'éveiller en lui.

Mais en suivant le même raisonnement que Flopi, il avait résolu son problème. C'était des femmes sans en être : une Floupe, des Naines – beaucoup, quand même, si on les comptait, Afo, Keyah, Macény, Kodjo, Dikélédi, cela faisait cinq en tout, donc *beaucoup* –, la petite-mignonne-gentille qui s'appelait Winifrid, et la jument parlante.

Mais la jument pouvait ne pas entrer en ligne de compte… Et il avait donc accepté toutes ces dames sur la *Bella-Bartoque*, d'autant plus qu'elles ne portaient pas de jupes.

* * *

Pendant ce temps, sur l'*Amadeus*, la situation s'était dégradée de plus en plus au fur et à mesure que l'après-midi avançait et que Régilien approchait du terme. Les marins chuchotaient entre eux, tout en jetant des regards sombres et lourds en direction de Gaïg.

Foutibon, comprenant ce qui se passait, avait essayé de garder Régilien en vie le plus longtemps possible. Ensuite, il avait délibérément prétendu qu'il était encore vivant alors que le scélérat avait succombé depuis un moment déjà. Il était sorti sur le pont avec Gaïg, affirmant que le malade allait mieux, qu'il se reposait et qu'il ne fallait pas le déranger.

Mais deux marins, Médor et Ysengrin, avaient rapporté qu'ils avaient vu la tête d'une Sirène dépasser de l'eau, et qu'elle avait examiné le baleineau. Pour eux, c'était son petit qu'ils avaient pêché, une espèce de monstre marin à jambes, et il fallait le lui rendre. Sinon, la mère grossirait jusqu'à atteindre la taille du bateau, qu'elle coucherait sur le côté d'un vigoureux coup de queue afin de récupérer son enfant.

Un autre marin, Papus, avait ensuite affirmé qu'un serpent blanc était remonté des grandes profondeurs et avait fait plusieurs fois le tour du bâtiment, en réalisant hors de l'eau des bonds phénoménaux. Tous ces signes ne trompaient pas, la déveine évoluait près d'eux.

Les esprits s'agitaient, les matelots adressaient à Foutibon des paroles virulentes dans la langue des Contrées de l'Est. Il répondait calmement, offrant à Gaïg une traduction des plus fantaisistes afin de ne pas l'alarmer.

Celle-ci faisait semblant de croire aux histoires de voiles déchirées à recoudre qu'il lui racontait, tout en comprenant qu'il devenait urgent pour elle d'abandonner les lieux.

De toute façon, qu'ils la jettent à l'eau ou qu'elle y plonge de son plein gré, le résultat serait le même. Elle avait dressé l'oreille en entendant parler de la Sirène, se demandant s'il s'agissait du mâle qui l'avait attaquée. Malheureusement, questionner les Hommes équivalait à dévoiler sa compréhension de leur langue, et leur réaction était imprévisible.

Foutibon, en taisant le décès de Régilien, n'avait pas noté la présence d'un matelot alors endormi dans son hamac. Un moment après, ce dernier avait émergé de l'entrepont pour annoncer la mort de son semblable, étouffé par sa propre langue. Gaïg avait senti un vent de panique souffler sur l'équipage.

Au même moment, la vigie avait annoncé que le bateau de Floups qu'ils poursuivaient avait fait demi-tour et venait à leur rencontre. Pylore, le capitaine, était alors intervenu pour ordonner de jeter le corps du défunt à l'eau. Ensuite, on affronterait l'ennemi.

Gaïg avait assisté, un peu en retrait, au bref recueillement des matelots inquiets devant la dépouille de leur frère, sous l'égide d'un Pylore plutôt agité. Elle avait le cerveau en ébullition. Était-elle ou non responsable du décès de Régilien?

10

Pourtant, malgré les regards tour à tour réprobateurs, méprisants ou carrément agressifs de l'équipage, Gaïg n'éprouvait pas de sentiment de culpabilité face au décès de Régilien. Le chien l'avait attaquée, elle l'avait mordu.

En revanche, elle s'interrogeait sur les circonstances réelles de sa mort. Les marins, d'après ce qu'elle avait pu saisir de leurs échanges verbaux, la tenaient pour responsable de celle-ci, mais pas au sens où elle l'entendait. Pour eux, elle était celle qui avait apporté la déveine à bord, la femme, la sanglante, universellement reconnue comme porte-malheur depuis les premiers assemblages de bois flottants.

Tous les signes concordaient. La Sirène entrevue, le serpent couleur de lait, la mort rapide de leur compagnon, et maintenant, l'inversion des rôles : de chasseurs, ils devenaient chassés. Sous peu, ils mouraient tous.

Du point de vue de Gaïg, la thèse de l'empoisonnement était plus probable que celle de porte-malheur. Mais le pouvoir que lui conférait cette hypothèse l'effrayait. Il signifiait qu'une simple morsure de sa part suffisait pour dépêcher un ennemi *ad patres*.

Elle hésitait entre deux attitudes, se demandant si elle devait se réjouir de ce fait, ou le craindre. La puissance conférée par le venin lui semblait considérable mais, le sachant, pourrait-elle l'utiliser? Enverrait-elle de son plein gré un ennemi à la mort, rien qu'en le mordant? Tant qu'elle ignorait la chose, passe encore. Mais maintenant?

Gaïg choisit prudemment de remettre la question à plus tard. Les marins s'agitaient de plus en plus autour d'elle, il fallait qu'elle se décide à quitter leur bord.

Si elle considérait le temps passé sur le bateau en déplacement, il y avait de bonnes chances qu'elle ait semé la Sirène mâle. Puisque le bâtiment des Floups avait changé de cap, se dirigeant droit vers eux, Gaïg se dit qu'il valait mieux essayer de le rejoindre avant que l'*Amadeus* ne vire de bord à son tour, pour leur échapper. Et si les Floups ne voulaient pas d'elle, elle se retrouverait à l'eau une fois de plus.

Gaïg frémit à cette pensée. Elle n'avait nulle envie de revivre les derniers événements survenus depuis qu'elle avait quitté Pilaf et ses amis. Elle ne gardait pas un agréable souvenir de son séjour chez la capricieuse Spongia Magna, et encore moins de sa lutte contre la Sirène mâle.

Elle ne put s'empêcher de penser à la vieille Sirène qui lui rendait visite dans la baie de son village. Comme cette époque était loin! Il y avait eu aussi les deux Sirènes qu'elle avait surnommées La Farouche et La Courageuse, qui avaient remorqué la barque dans laquelle elle se trouvait avec ses compagnons jusqu'à l'île des Kikongos. Ces trois-là s'étaient montrées plutôt gentilles…

Gaïg en déduisait que toutes les Sirènes n'étaient pas mauvaises, puisque certaines se montraient capables de porter secours à des naufragés en détresse. Peut-être qu'elles étaient comme les Hommes, comptant de bons individus et de moins bons…

Une chose était sûre, demeurer sur ce bateau n'était pas la meilleure solution à adopter dans l'immédiat. Elle se rapprocha de la proue, la main sur le bastingage.

Foutibon la suivit. Un mouvement se fit parmi les matelots, dont certains se rapprochèrent insensiblement.

— Gaïg, je sais ce que tu as en tête, chuchota Foutibon. Je suis vraiment désolé que ça se termine comme ça. J'aurais aimé que ça se passe différemment. Que nous puissions lier connaissance... Ébaucher une amitié, qui sait... Mais...

— Je sais, je comprends, l'interrompit Gaïg. Mais je n'ai pas le choix. Je ne veux pas rester sur ce bateau.

— Je vais plonger avec...

— Surtout pas, le coupa Gaïg. Tu n'as aucune chance avec les Floups. Moi, si.

— J'aurais aimé faire plus pour toi...

— Dis-moi ton vrai nom, ça suffira.

Foutibon garda un instant le silence. Il était visiblement ému.

— Je m'étais promis de ne le révéler à personne. C'est le nom d'un Homme qui n'est plus.

Gaïg ne dit mot. Elle attendait. Les matelots lui semblèrent tout à coup plus nombreux sur le pont.

— Je m'appelle Gilliatt, murmura Foutibon.

— Gilliatt. Je m'en souviendrai. Peut-être qu'on se reverra, Gilliatt...

Elle enjamba aussitôt le bastingage et plongea.

Les marins se précipitèrent, stupéfaits. Ils n'avaient pas envisagé cette éventualité. La fille avait préféré la noyade. Ou bien le baleineau avait rejoint son élément.

Ils se sentaient soulagés et frustrés en même temps. Soulagés parce qu'ils ne redoutaient plus ses pouvoirs maléfiques de fille-poisson. Frustrés, parce que maintenant qu'elle avait disparu sous les flots, ils envisageaient les multiples tortures qu'ils auraient pu lui infliger et le plaisir qu'ils en auraient retiré.

Un moment après, ils détournaient leur hargne contre Foutibon.

— C'est ta faute, c'est toi qui l'as laissée s'échapper, aboya Médor.

— Tu mériterais qu'on t'envoie la rejoindre, gronda Ysengrin.

— Vous devriez plutôt être contents que je vous en aie débarrassé, répondit Foutibon sans se démonter. Vous n'avez donc pas compris? Et maintenant, vous ne voyez pas?

— Voir quoi? grogna Ysengrin. On voit surtout qu'elle n'est plus là. À cause de toi…

— Oui, elle n'est plus là, elle est à l'eau. Mais où, dans l'eau? Vous l'avez vue réapparaître pour reprendre son souffle?

Les marins se turent, confondus par cette évidence. Ils avaient beau scruter des yeux la surface de la mer, la plongeuse ne réapparaissait pas.

— C'est vrai, ça, elle ne remonte pas, constata Médor.

— Et alors, tu ne sais pas ce que ça signifie, peut-être? lança Foutibon, méprisant. Tu n'as toujours pas compris?

Médor baissa la tête, le visage sombre.

— Ouais, ça va, je sais, murmura-t-il gravement. C'était une visiteuse des profondeurs. Et on l'a pas reconnue.

* * *

La légende voulait que la mer accouche, de temps à autre, d'une créature qui avait pour mission de rendre visite aux bateaux, d'inspecter leur équipage, de juger de leur moralité, du soin qu'ils apportaient à leur bâtiment, du respect qu'ils témoignaient aux eaux.

Selon le résultat de sa tournée, elle pouvait changer le destin du bateau, en faire une embarcation bénie des dieux, source de richesse pour ses occupants, ou le vouer à la perdition. D'où la croyance selon laquelle mieux elle était traitée, plus on avait de chances d'obtenir sa bénédiction.

Elle pouvait adopter diverses apparences, allant du poisson volant géant échoué par mégarde sur le pont, jusqu'au coquillage rare, aux couleurs inhabituelles, récolté dans les filets. Pour la reconnaître, il fallait surtout tenir compte des facteurs insolites qui entouraient sa venue. Le fait indéniable, c'était qu'elle retrouvait toujours son élément.

Il y avait généralement une donnée qui rendait la visiteuse différente de ceux dont elle avait pris la forme : la taille, la couleur, une nageoire en plus ou en moins, un détail qui marquait la distinction.

* * *

— Une Sirène avec des jambes, conclut Papus, accablé. Et on l'a même pas reconnue. On l'a pas bien reçue… Les signes étaient là, pourtant… J'ai vu le serpent blanc. Et l'autre, dans l'eau, vous l'avez vue, vous deux…

Médor et Ysengrin opinèrent, penauds, imités par le reste de l'équipage. Ils partageaient tous le même point de vue. Et ils regrettaient leur stupidité. Ils s'étaient réjouis de leur pêche, contents des distractions à venir, sans envisager que la réalité pouvait être autre.

* * *

Foutibon ressentit un grand soulagement intérieur. Il avait réussi à distraire ses compagnons de leur obsession frustrée. Il n'y aurait pas de tentative de poursuite, pas de barque à la mer, pas d'arc bandé prêt à décocher une flèche au hasard dans les eaux. Gaïg pourrait se sauver tranquillement et tenter de rejoindre l'autre bateau.

Non qu'il ne crût pas à la légende. C'était vrai que les visiteuses des profondeurs existaient, il était mieux placé que quiconque pour le savoir puisqu'il en avait aimé une. Mais elle s'était jouée de lui, elle l'avait réduit à sa merci, puis avait disparu. Malgré cela, il n'avait jamais pu l'oublier.

Elle avait su gommer les différences entre eux, elle avait effacé la séparation naturelle des espèces, et l'avait rendu follement amoureux. Pour ce faire, elle lui avait fourni de nombreuses explications, elle avait longtemps argumenté, avait éclairci bien des points, parce qu'elle avait réponse à tout. Et il était tombé dans le piège de la séduction. Ensuite, elle était partie pour ne jamais reparaître.

Foutibon l'avait attendue pendant des mois, sur cette côte du pays de N'Dé. Il avait traversé le pays du deuil et de la folie en solitaire, et il n'était pas bien sûr d'en être sorti. Il est des rencontres qui marquent une vie. La sienne serait toujours sous l'emprise de sa dame des profondeurs.

Elle lui avait même fait croire à la possibilité d'un enfant entre eux. Aveuglé par la passion, sous l'emprise de la déraison, il avait tout accepté, tout avalé. Et cela avait été la meilleure période de sa vie.

Mais la souffrance avait été telle, quand il avait compris qu'il ne la reverrait plus, qu'il avait longtemps dérivé aux abords de la démence. Il avait eu la tentation d'en finir, bien sûr, simplement pour ne plus ressentir la brûlure de la douleur.

À la fin, il avait rejoint les terres habitées. Il avait essayé d'oublier et de vivre normalement. Comme il n'y arrivait pas, il avait acheté ce petit bateau sur lequel il avait parcouru les mers, vivotant d'une maigre pêche, en quête de sa bien-aimée. Dont il n'avait jamais retrouvé la trace.

Après des mois d'errance, l'équipage de l'*Amadeus* l'avait recueilli, devenu à moitié fou, incapable de fournir le moindre renseignement sur son identité, à commencer par son nom. Et puis la vie avait continué. Le mal s'était atténué avec le temps, il était devenu moins présent.

Parfois, pendant un bref instant, Foutibon oubliait ce qu'il avait vécu. Concentré sur autre chose, son esprit obsédé connaissait un répit. Ces brefs moments s'étaient allongés jusqu'à se transformer en jours, en semaines, puis en mois, et la vie était redevenue supportable.

Il pensait parfois qu'il aurait préféré ne pas avoir rencontré sa visiteuse, ne pas avoir vécu ces amours-là. Le manque était trop fort. Après avoir atteint le zénith, il se retrouvait à traîner à la surface des océans, avec un espoir qu'il refusait de s'avouer, celui de la croiser de nouveau.

En voyant Gaïg, il avait mis du temps à réagir, à comprendre. Une naufragée, un peu bizarre, certes, mais quoi d'étonnant à cela ? Comme tout le monde, il avait pensé que le soleil lui avait tapé sur la tête. Et puis la mémoire était revenue au fur et à mesure que des détails perceptibles par lui seul s'imposaient.

Ces membranes entre les doigts, il les connaissait. Ces yeux écartés, presque latéraux, cette bouche généreuse, ces dents pointues, ce corps grassouillet qui réclamait constamment à boire, tout cela ne laissait planer aucun doute dans son esprit. D'autant plus que la créature ne semblait éprouver aucune crainte à l'idée de retourner à l'eau, maintenant qu'elle s'était reposée.

Curieusement, Foutibon n'avait posé aucune question. Il s'était senti naturellement attiré par la créature recueillie, mais il ne voulait plus souffrir. L'aide qu'il lui avait apportée était venue malgré lui. Il aurait aimé pouvoir s'en désintéresser, mais il n'avait pas pu.

Et maintenant, les souvenirs affluaient. Et avec eux, la douleur. Elle avait toujours été là, sourde au point de se faire oublier, mais quand elle réapparaissait, elle ne lui laissait pas de répit.

Heïa. Qu'était-il advenu d'elle? Que s'était-il passé? Était-elle sortie volontairement de sa vie? Leur relation n'avait-elle été qu'un jeu pour elle, afin de satisfaire sa curiosité? N'avait-il représenté pour elle qu'*aïmata*, la part du rêve, dans un *aïmana* morne, trop ennuyeux dans son quotidien?

Et voilà qu'aujourd'hui, une de ces créatures leur avait rendu visite. Que voulait-elle? Avait-elle été envoyée en reconnaissance? Par Heïa? Est-ce qu'Heïa vivait toujours?

Un espoir insensé naissait en Gilliatt. Qu'il étouffait immédiatement. Il avait trop souffert, son cœur était maintenant blindé. Il ne voulait plus éprouver de sentiments. Mais il ne pouvait nier l'émoi qu'il ressentait. Après toutes ces années…

Il s'était persuadé de la duplicité d'Heïa pour atténuer sa souffrance, il s'était ravalé à l'état d'objet, de jouet, d'*aïmana* entre les mains d'un être impitoyable et cruel, mais il avait toujours su qu'il se mentait à lui-même. C'était seulement un moyen pour diminuer le mal de vivre qui ne le quittait plus.

Heïa ne l'avait pas trompé. Elle était trop honnête pour cela, trop franche, trop primesautière. Même quand elle utilisait *aïmana*, elle ne mentait pas. Elle rêvait, elle embellissait sa vie, elle la recréait à son envie.

Il lui était arrivé quelque chose, un malheur assez grave pour qu'elle ne puisse plus le rejoindre. La réponse s'imposait d'elle-même, Gilliatt le savait. Heïa était morte.

Il l'avait toujours su, depuis cette tempête effroyable survenue il y avait plus de dix ans, au cours de laquelle il avait rêvé de sa fin. Il se souvenait encore de ce cauchemar qui l'avait hanté pendant des années, qui le hantait toujours quand il y pensait. C'était comme s'il avait assisté à la perte de sa bien-aimée.

Un combat entre Sirènes, un mâle jaloux et brutal qui avait eu raison de sa belle. Il n'avait rien pu faire, bien sûr. On ne se bat pas contre un rêve. Et c'était là que résidait sa folie : cette errance perpétuelle entre ce que lui dictait la raison, ce qu'il se racontait lui-même, et ce que lui disait son intuition. Cette dernière ne lui mentait pas, et c'était cela le pire, puisqu'elle lui confiait qu'Heïa n'était plus.

Gaïg. Il s'était senti invinciblement attiré vers elle. Peut-être parce qu'elle ressemblait tellement à Heïa...

* * *

Gilliatt émergea de son rêve, considérant ses compagnons autour de lui. Ces derniers le fixaient, curieux et gênés. Après un moment de silence pendant lequel il reprit contact avec la réalité ambiante, il s'adressa à eux, sur un ton faussement alerte.

— Hé bien! Qu'avez-vous tous à me regarder comme ça? Vous avez raté la visite, mais les Floups ne vous rateront pas, eux! Feriez mieux de vous préparer...

— Voilà qu'il revient parmi nous, l'embrumé du cerveau, jappa Médor dans la langue des Contrées. On se demande ce qui lui passe par la tête, à certains moments...

— Peut-être qu'il ne passe rien, justement, ricana Papus. Tu vois bien qu'il a l'air abruti dans ces cas-là, not'sauvé des eaux...

— Pas plus abruti que toi, Papus, qui vois des serpents volants! rétorqua Gilliatt. Dommage qu'elle ne t'ait pas emporté avec elle, la visiteuse des profondeurs...

Tous se turent, certains commencèrent à s'éloigner. L'incident était clos, il n'était pas de bon goût de nommer la chose, c'était comme si, ce faisant, on l'appelait pour qu'elle revienne. En agissant ainsi, Gilliatt jouait les provocateurs.

Papus haussa les épaules, apparemment indifférent, en réalité peu désireux d'attirer les foudres de la créature sur sa propre personne. Foutibon, s'étant bien comporté avec elle, ne servirait pas de victime si elle revenait.

— Et pendant ce temps, les Floups se rapprochent, continua Gilliatt, railleur. Ils cherchent un olibrius à puces pour se distraire! Épuce-toi, Papus!

Il évita facilement le coup de poing, il l'avait prévu. Tout ce qu'il voulait, c'était laisser à Gaïg le temps de se sauver.

11

Les premières lueurs de l'aube apparaissaient quand le *Sibélius* se retrouva à une distance intéressante de l'*Amadeus*.

Pylore, qui avait mis le bateau en panne pour rendre les derniers devoirs à Régilien, avait refusé de faire demi-tour, malgré les objurgations de son équipage, frappé par les événements récents. Il avait traité ses marins de tous les noms d'oiseaux qui survolaient les océans, avant de décréter qu'ils livreraient bataille, qu'ils le veuillent ou non.

Il en avait assez, de ces Floups de malheur qui prétendaient imposer leur loi sur l'eau. Les Hommes n'étaient pas des couards, et si la réputation des demi-créatures n'était plus à faire, celle des Hommes, en revanche, avait bien besoin de redorer son blason. Il avait passé une partie de la nuit à haranguer ses matelots, et ils les sentaient enfin mûrs pour livrer bataille.

En réalité, Pylore estimait que ses marins avaient besoin de se battre pour évacuer la tension provoquée par les récents événements. Détourner leur colère sur les Floups le protégeait du risque d'une révolte à bord. Il savait par expérience que l'idée de la mutinerie n'était jamais loin dans la tête de ces individus sans foi ni loi.

L'*Amadeus* n'était donc pas reparti, se contentant d'attendre l'ennemi tout en se préparant. Les Hommes avaient affuté tout ce qu'ils avaient pu trouver comme armes blanches, ces dernières n'ayant que trop tendance à rouiller au contact de l'air marin. Ils avaient également sorti les lances, les arcs et les flèches, et préparé ces fléaux d'arme qu'ils aimaient tant.

Ces derniers se composaient d'un manche assez long prolongé par une chaîne au bout de laquelle était fixée une boule de fer hérissée de pointes. L'objet était assez pratique sur mer, quand on n'était pas encore arrivé au corps à corps avec l'ennemi.

En effet, certains fléaux possédaient un manche très long, qui permettait d'atteindre l'adversaire alors que l'abordage venait d'avoir lieu. Plus le manche était long, plus la masse terminale était réduite, afin d'alléger le poids de l'ensemble. Mais les pointes acérées hérissant la boule en faisaient une arme redoutable.

Dans l'ensemble, les Hommes préféraient cependant les arcs et les flèches, à la portée plus longue. Ils avaient également préparé quelques flèches munies de torches, qu'ils enflammeraient au dernier moment, quand l'ennemi se trouverait suffisamment près, à portée d'arc.

La colère et la frustration s'étaient accumulées en eux, exacerbées par les exhortations de Pylore, et ils se sentaient prêts à les assouvir sur le premier être vivant qui les attaquerait. Et même sur celui qui ne ferait rien, pour peu qu'il leur déplaise.

En effet, ils savaient que cet inutile de Foutibon ne livrerait pas bataille, et cela les mettait en rogne. À chaque affrontement, ils se posaient la même question : pourquoi étaient-ils les seuls à risquer leur vie? Mais Pylore avait clos la discussion une fois pour toutes, dès le début, alléguant que Foutibon, puisqu'il refusait de participer au combat, s'occuperait des blessés.

Les matelots de l'*Amadeus* avaient du mal à accepter cette indulgence, difficilement explicable par la seule amitié. Pylore éprouvait un faible pour son matelot sauvé des eaux, mais de là à le dispenser de combat…

Foutibon, trop heureux de s'en tirer à si bon compte et de pouvoir éviter la bataille, s'était fait un devoir de soigner correctement les blessés avec les moyens réduits dont il disposait. Il avait approfondi du mieux qu'il avait pu ses maigres connaissances médicales, discutant avec tout un chacun d'anatomie, d'amputation, de médecine, glanant les renseignements les plus divers au gré des rencontres et des discussions.

Son expérience était fort limitée, mais comme l'exercice de la médecine était la condition d'une certaine paix à bord, il l'exerçait malgré lui. De toute façon, constatait-il intérieurement avec une certaine dérision, l'amputation d'un membre ne nécessitait nullement la présence d'un chirurgien. C'était à la portée de n'importe quel adversaire armé d'une hache.

Tout ce qu'il proposait en plus, c'était une forte dose de tord-boyaux, nécessaire pour enivrer le blessé jusqu'à lui faire perdre conscience de son corps, et la présence de ses compagnons d'armes, pour l'empêcher de se débattre.

Curieusement, ses malades guérissaient quand il s'agissait d'une blessure. Il avait la réputation de flatter celle-ci en lui donnant aussi à boire, c'est-à-dire en l'arrosant généreusement de cet alcool surnommé en l'occurrence « casse-pattes », avant de l'habiller de linges propres et secs, qu'il se faisait un devoir de changer régulièrement, malgré les hurlements, vociférations et injures du blessé.

En ce qui concernait les autres maladies, le mystère demeurait entier, aussi bien pour lui que pour ses camarades. Si ses malades se rétablissaient, Foutibon prétendait que c'était grâce à son savoir. S'ils trépassaient, c'était que leur temps sur terre était échu.

Néanmoins, ce médecin malgré lui ne voyait pas d'un bon œil la rixe à venir avec les Floups, tout simplement parce que ces derniers remportaient la victoire plus souvent qu'à leur tour. Il les savait rapides, vindicatifs, et se méfiait de leur fameuse florinette.

Non seulement les coups de pieds décochés étaient traîtres, mais ils étaient d'autant plus redoutables que certains Floups attachaient parfois une fine lame au fil très aiguisé entre leurs orteils. Les blessures qui en résultaient étaient encore plus graves quand les petites ordures avaient enduit leurs lames de poisons virulents dont ils détenaient le secret.

Les Hommes n'ignoraient rien de tout cela, mais l'attrait du combat, du sang, de la lutte, des cris, était maintenant le plus fort. Une bonne bagarre permettait au mâle d'exprimer une agressivité latente. Pendant un moment, il oubliait ses responsabilités et ses angoisses existentielles. La bataille, avec l'enjeu de vie ou de mort qu'elle impliquait, remettait le monde en place.

Il fallait cela, pour effacer la venue à bord de la visiteuse des profondeurs et la mort étrange de Régilien, étouffé par son propre organe. Les Hommes étaient si excités que Foutibon envisageait, pour la première fois, une victoire possible. Mais cela signifiait que Gaïg perdrait tout espoir de refuge sur un bateau et serait condamnée à rester dans l'eau.

Pour une Sirène, le problème ne se posait pas, mais, ses membres inférieurs en témoignaient, elle n'était pas une Sirène. Gilliatt se rappelait cependant qu'Heïa lui avait parlé d'enfants hybrides, nés de l'union d'une Sirène et d'un Homme, et qui naissaient avec des jambes. Est-ce que Gaïg était une de ces enfants-là? D'où venait-elle?

L'idée qu'elle pût être sa fille ne l'effleurait même pas. La plupart des Hommes ne devenaient pères qu'à la naissance, quand ils avaient leur enfant sous les yeux, et même dans les bras. Dans la mesure où ils ne le portaient pas dans leurs entrailles, le fœtus n'avait pas pour eux la même réalité que pour la mère, il n'existait pas vraiment tant qu'il n'était pas né.

Quand Heïa lui avait annoncé qu'elle portait leur enfant en son sein, une fille, avait-elle précisé, Gilliatt s'était réjoui. Il avait été sincèrement et profondément content de cette nouvelle, et avait participé aux rêves et aux projets de sa douce amie. Mais l'attente du bébé s'était dissipée dans l'attente bien plus grande de la mère et, celle-ci disparue, Gilliatt n'avait que rarement pensé à celui-là.

Si la mère n'était plus, le bébé ne pouvait pas naître, et plutôt que de se charger le cœur d'un autre deuil, il avait purement et simplement occulté l'éventualité d'une paternité.

Il ne s'était pas posé de question sur l'attirance immédiate qu'il avait ressentie pour Gaïg et, l'eût-il fait, qu'il aurait répondu en toute bonne foi que c'était par respect de la vie sous toutes ses formes, par solidarité envers un autre être dans le besoin, par habitude de porter secours à ses semblables, et le reste à l'avenant.

Pour le moment, il attendait, comme chaque matin, le lever du soleil, dans un état semi-méditatif, transformant ses premiers rayons en un élixir de force qui lui permettrait de survivre à la journée qui s'annonçait.

Il surveillait du coin de l'œil le bâtiment floup qui grossissait à vue d'œil, sachant que les choses, une fois commencées, iraient très vite. Les Floups, arrivés à hauteur de l'*Amadeus*, lanceraient des grappins pour l'immobiliser.

Comme les marins de l'*Amadeus* feraient la même chose, les deux bateaux seraient promptement reliés l'un à l'autre. Chacun essaierait d'envahir le territoire de l'adversaire, en le provoquant avec cris, huées, insultes, attitudes fanfaronnes et gestes obscènes. Tout cela pour se mettre en train en développant une humeur belliqueuse de part et d'autre.

Les premiers à poser le pied sur le pont adverse auraient l'avantage, parce qu'ils seraient portés par l'esprit de conquête. Ils n'auraient pas à protéger leur propre bâtiment autant que ceux qui se retrouveraient envahis, occupés à défendre pied à pied leur espace. Néanmoins, ils ne pouvaient se permettre d'être moins vigilants que les autres et ils garderaient un œil sur leur embarcation…

Ceux qui subissaient l'abordage étaient généralement en état d'infériorité, d'un point de vue psychologique. Un moral atteint dans sa vision optimiste du monde diminuait les chances de victoire. Du moins les choses se passaient-elles ainsi d'habitude, quand on pouvait miser sur l'effet de surprise. Mais là, il n'y aurait pas de surprise, chacun observant l'autre depuis un jour et deux nuits…

Dans les circonstances présentes, il n'y avait pas eu d'attente de la victime, avec l'*Amadeus* dissimulé derrière un promontoire d'où il surgirait inopinément pour donner l'assaut. Aucun matelot ne s'était déguisé en passager innocent ou en faible femme lisant ou se promenant sur le pont, afin de donner le change. Et l'autre, l'ennemi, avait effectué ouvertement son demi-tour, affichant ainsi son intention de venir rendre visite à ses poursuivants.

Gilliatt se demanda quelle stratégie les Floups adopteraient. Les Hommes de l'*Amadeus* s'étaient passé le mot, sur l'ordre de Pylore : il ne fallait à aucun prix laisser les demi-portions prendre pied sur le pont. Toutes les armes longues, comme les lances, seraient mises à contribution pour les tenir éloignées le plus longtemps possible. Avec les arcs et quelques torches enflammées tirées au moment opportun, la victoire était assurée.

Pour les Hommes, les Floups étaient des avortons hargneux et nuisibles, et ils les méprisaient tout en s'en méfiant. On ne pouvait pas se battre contre eux de façon traditionnelle, ils étaient trop vifs et trop agiles pour cela. Ils esquivaient facilement les coups grâce à leur rapidité et à leur petite taille, et déroutaient l'adversaire avec les postures inversées de la florinette.

Mais la journée avait été rude, et la frustration engendrée par le décès inexpliqué de Régilien, la visite et le départ de Gaïg, tout cela nécessitait un exutoire. Il leur fallait taper sur quelqu'un, ils se défouleraient sur les Floups.

L'équipage de l'*Amadeus* attendait donc l'affrontement avec impatience, et il ne fut pas peu surpris de voir le *Sibélius* le croiser sans daigner s'arrêter. Les Floups étaient visiblement sur le pied de guerre eux aussi, armés de pied en cap, mais hors d'atteinte. Quelques flèches partirent de l'*Amadeus,* mais se perdirent dans les flots.

La première surprise passée, les quolibets jaillirent. Les Floups avaient peur, ils renonçaient au combat, ils avaient préféré se sauver en voyant les Hommes. Ces derniers connurent un bref moment la joie de la victoire sans combat, joie entachée de déception à cause de l'énergie maintenant inutile mobilisée pour se mettre en train.

Mais ils changèrent très vite de visage quand ils virent le *Sibélius* virer de bord et se placer dans leur sillage. Longue et effilée, la goélette floupe présentait ainsi beaucoup moins de prise pour quelque projectile que ce fût.

Ce qui n'était pas le cas pour l'*Amadeus*, plus gros et plus spacieux. Son assise large, qui lui assurait sa stabilité par mauvais temps, se transformait en handicap quand il devenait la cible à atteindre. Surtout quand il était abordé par l'arrière.

Flopi n'avait pas agi inconsidérément en n'attaquant pas de front…

12

Comme Gilliatt l'avait prévu, la situation évolua très rapidement. Le *Sibélius* se plaça par tribord arrière, des grappins furent lancés depuis son nid-de-pie vers les vergues de l'*Amadeus*, et plusieurs Floups, en prenant leur élan, s'en servirent pour sauter lestement sur le pont de l'ennemi. Ce faisant, ils déferlaient par-dessus la tête des Hommes, excités mais impuissants, amassés à l'arrière.

Ces derniers, pris de court, serrés les uns contre les autres, se gênaient mutuellement dans leurs mouvements. Gens de mer, ils n'avaient pas prévu une attaque aérienne.

Une fois sur le pont de l'*Amadeus*, les Floups prirent les Hommes à revers. Ces derniers, coincés entre deux rangées d'assaillants vociférant – la deuxième rangée étant constituée par ceux qui bondissaient directement du

Sibélius, de part et d'autre de la figure de proue sculptée par Bélimbé –, se défendaient vaillamment. La tension accumulée pendant la journée se relâchait, dans une explosion de violence et de brutalité.

L'apparition du sang donna aux Hommes un regain de vitalité, et ils se déchaînèrent contre les petits envahisseurs. La bataille faisait rage et, pendant un moment, ce fut le chaos. Nul n'aurait pu prédire l'issue de la mêlée.

Les Floups sautillants et alertes semblaient se jouer de la lourdeur de leurs assaillants, mais il faut croire que ces derniers avaient du répondant, puisque trois Floups gisaient déjà sur le plancher, inanimés.

Gilliatt, qui se tenait à l'écart, dissimulé derrière un tonneau et essayant de passer inaperçu, se demanda s'ils étaient morts. Mais il vit deux d'entre eux reprendre conscience l'un après l'autre et se traîner hors du champ de bataille. Un moment après, ils étaient de nouveau dans la mêlée, sur les mains cette fois.

Ce fut le signal d'envoi général de la florinette, c'en était fini du combat armé sur pied encore de mise pour certains. La ruse, la feinte et l'esquive firent leur apparition. Avec elles, l'étonnement des Hommes, qui donnaient de plus en plus en plus de coups dans le vide. La colère aveugle du début faisait place à l'énervement du coup raté puis à l'interrogation.

Plifo, le troisième des Floups qui avait été assommé, reprit enfin ses esprits. Il était cuisinier sur le *Sibélius*. Après un bref moment de flottement pendant lequel il considéra, l'air absent, la bagarre qui se déroulait autour de lui, il fonça à l'avant en une série de roues rapides, comme s'il n'avait subi aucun dommage. Il se redressa, inspecta rapidement les alentours en tournant sur lui-même, en posture debout, cette fois, puis considéra de nouveau la mêlée.

Ce court arrêt permit à Ysengrin de surgir silencieusement derrière lui, en provenance d'une écoutille ouverte. L'Homme s'apprêtait à lui planter un poignard dans le dos. Gilliatt ne put retenir un mouvement d'effarement devant le crime qui se déroulerait sous ses yeux.

Plifo, en même temps qu'il percevait le mouvement de Gilliatt, et donc sa présence, décocha un coup de pied vers l'arrière, devinant sans en être certain qu'un élément qui lui avait échappé devait avoir provoqué cet étonnement chez l'Homme désarmé.

Il ne fut pas surpris outre mesure de la résistance rencontrée quand son pied heurta quelqu'un, et il lança immédiatement un deuxième coup de pied, puis un troisième, qui se perdirent dans le vide, Ysengrin ayant été précipité dans son écoutille dès le premier.

Plifo s'en voulut de son imprudence et se réprimanda intérieurement. Se placer dos à une écoutille ouverte, franchement, ce n'était pas très intelligent de sa part… Voilà qu'il devait la vie à un Homme, maintenant…

Pendant un bref instant, il hésita entre ses deux ennemis : l'Homme désarmé derrière son tonneau, ou celui qui avait voulu l'attaquer par derrière. Il choisit de plonger dans le ventre du bateau, à la poursuite du bandit qu'il n'avait pas eu le temps de voir.

Gilliatt ne se méprit pas sur son hésitation, l'autre reviendrait vers lui. Il traversa le pont pour changer de cachette, et se réfugia dans l'encoignure créée par un coffre et une des barques de sauvetage. Il détestait ces bagarres, auxquelles il refusait de participer, mais qu'il ne pouvait empêcher cependant.

Il avait conscience qu'il risquait d'autant plus sa vie qu'il ne prenait pas parti. Les marins de l'*Amadeus* le considéraient comme un couard, et les ennemis comme un traître qui abandonnait lâchement ses compagnons. Lui-même se sentait très mal à l'aise, conscient de son inutilité.

Réfléchissant une fois de plus à cette situation si déplaisante pour lui, Gilliatt prit à cet instant la décision de quitter l'*Amadeus* à la première occasion. Il avait assez perdu de temps sur ce rafiot de malheur, il rentrerait à terre et essaierait de se bâtir une vie normale.

La bataille sévissait toujours, un désordre indescriptible régnait à bord. Les Floups semblaient s'être multipliés, il y en avait partout. En réalité, ils bougeaient sans arrêt, sautant et roulant, donnant l'impression d'être plusieurs là où il n'y en avait qu'un seul auparavant.

Quand les premières lueurs de découragement apparurent dans les yeux des Hommes, les Floups surent qu'ils avaient gagné. Leur ennemi, épuisé, finirait par se rendre. Infatigables, ils continuaient cependant à l'agacer. C'était cela, le jeu. Provoquer le coup, le voir venir, l'attendre, et l'esquiver au dernier moment.

Parfois, un matelot, devenu enragé par la fuite perpétuelle de son rival, se mettait à frapper à tort et à travers, sans aucune logique, de toutes ses forces. C'était le cas de Papus, qui ne cherchait même plus à éviter les coups, pour la bonne raison qu'il ne les sentait pas. Ce qu'il voulait, c'était *casser du Floup,* n'importe comment, à n'importe quel prix.

Flopi, engagé avec lui à ce moment-là, savait l'Homme devenu dangereux. Il se trouvait aux prises avec la bête aux abois, celle qui n'a plus rien à perdre parce qu'elle se sent condamnée.

Papus, les yeux exorbités, injectés de sang, la lippe baveuse, dégoulinant de sueur, n'avait qu'une idée en tête : écrabouiller le petit monstre qui gigotait en face de lui. Face à cet animal sauvage, Flopi sentit monter en lui la ferveur du combat en même temps que la haine de l'Homme.

Concentré, il tenait Papus par le regard, tout en évitant le sabre que ce dernier agitait de façon imprévisible, afin de le décontenancer. Flopi puisait dans cette agitation improvisée une force nouvelle, qui accordait à la florinette ses lettres de noblesse.

Sur le Sibélius, les rodas étaient fréquentes, mais tenaient surtout lieu d'entraînement. C'étaient des figures connues et, dans la majeure partie des cas, on pouvait prévoir l'assaut de l'adversaire et lui répondre de façon appropriée.

Elles avaient leur utilité, bien sûr : maintenir l'équipage en excellent état physique, initier les jeunes, assurer la cohésion de l'ensemble du peuple floup à travers un art martial commun, qui leur était propre.

Néanmoins, à chaque affrontement avec un étranger, Flopi se rendait compte à quel point les rodas du bord, si redoutables fussent-elles, se situaient à un pas de la réalité, puisqu'elles se déroulaient entre Floups.

Ce pas, l'assaillant étranger le franchissait toujours. Il ne faisait pas semblant. Pas de quartier. Dérouté par un attaquant inhabituel dans sa posture inversée, qui jouait de ses pieds comme de poings, il était très vite pris au jeu de la survie et s'adonnait corps et âme au combat dont il était un des deux protagonistes.

C'était dans ces situations extrêmes que l'adepte de la florinette pouvait s'épanouir et fournir le meilleur de lui-même. Les improvisations, les nouveaux coups, toutes les dernières créations provenaient de ces affrontements occasionnels mais bien plus réels que les sympathiques rodas entre frères.

Flopi en était pleinement conscient, qui ne lâchait pas le regard de Papus. Cette tactique de déstabilisation était rodée. Et Papus s'y laisserait prendre, comme tous ses prédécesseurs.

Pour le moment, celui-ci affrontait un corps en mouvement, un insignifiant insecte gigotant qui l'agaçait, lui donnait du fil à retordre, et dont il voulait se débarrasser à tout prix, comme ces mouches éclatantes qui bombinent autour des puanteurs cruelles et qu'il écrasait entre le pouce et l'index.

Mais, à un moment donné, il prêterait attention malgré lui au regard qui l'emprisonnait, le sonderait, et y lirait l'âme entière d'un peuple en révolte. Ce serait la *floupaille* entière, inattendûment debout, debout dans la cale, debout dans les cabines, debout sur le pont, debout dans le vent, debout sous le soleil, debout dans le sang, debout et libre, qu'il découvrirait.

Et il entendrait, dans ce regard-là, l'hymne floup que Flopi lui déclamait : À moi mes danses de mauvais Floup, à moi mes danses, la danse brise-carcan, la danse saute-prison, la danse il-est-beau-et-bon-et-légitime-d'être-Floup. Et c'en serait fini de Papus, atterré qu'il serait par la vibration d'un peuple relié au nombril même du monde.

Flopi, en pleine possession de ses moyens, dans un nouvel élan de modestie – c'est ainsi qu'il qualifierait le fait par la suite –, voulait terminer en beauté.

Quand il sentit l'âme de l'homme s'accrocher à la sienne, ses articulations rebelles craquer sous les étoiles dures de l'histoire des Floups, il sut que la fin était proche. Ils aimait ces airs.

D'un bond prodigieux, il suivit dans les hauteurs le sabre que Papus levait et s'en débarrassa d'un coup de pied. Papus, comme pour se rapprocher de la fin qu'il pressentait, opta pour le corps à corps. C'était le signe attendu par Flopi.

Il ignorait quel serait le coup fatal, mais il savait qu'il arriverait vite, très vite. Il n'y aurait pas de corps-à-corps. Pas avec cet Homme de haine pour lequel il n'éprouvait que haine.

La première fois que Papus leva la jambe pour décocher un coup de pied fut la dernière. Flopi, placé alors en face de lui, se mit en boule pour rouler sous ladite jambe et se retrouver derrière lui dans un dos-à-dos qui ne dura que le temps d'un éclair.

Le temps que Papus se retourne pour affronter le Floup, il recevait le crâne de celui-ci dans le ventre. Flopi, tout en décochant son coup de tête, passait les mains derrière les genoux de Papus et les tirait vers lui afin de le déséquilibrer.

L'Homme, tiré dans un sens par la base du corps, poussé dans l'autre par le haut, se retrouva couché sur le pont. Flopi sortit le poignard forgé par Mukutu de l'étui qu'il avait pris soin d'accrocher à sa taille et le fit jouer d'une oreille à l'autre de Papus. Un sang rouge et chaud jaillit par saccades de l'artère sectionnée.

Flopi pensa qu'il avait créé une nouvelle feinte, et se dit qu'il faudrait lui trouver un nom. Il l'apprendrait lui-même à Pilaf, pour fêter son retour parmi eux. En attendant, puisque la mort avait honoré le combat de sa présence, il devenait urgent de décamper, avant qu'elle ne moissonne indifféremment dans les présents.

Débarrassé de son adversaire, il connut un bref instant de répit. Trop bref. Parce qu'il vit le feu. Le pire des maux sur un bateau. Il devait avoir pris à l'intérieur, puisque les flammes sortaient de l'écoutille située à l'avant.

Écoutille de laquelle Plifo surgissait, un peu ébouriffé, mais souriant néanmoins. Ce dernier prit le temps de rajuster ses vêtements avant de lancer un « Hou, hou! Ça grille, là-dedans! »

Un flottement s'ensuivit. Les marins de l'*Amadeus* hésitèrent un bref instant entre continuer ce qu'ils avaient commencé, à savoir cogner le plus fort possible sur le maximum de Floups, ou s'occuper de leur bâtiment. Pylore trancha pour eux, en criant « Au feu », ce qui signifiait que tous les efforts devaient être portés sur l'incendie à éteindre. On s'occuperait des avortons plus tard.

Deux ruées eurent lieu simultanément, l'une vers la proue, l'autre vers la poupe. Une bousculade s'ensuivit, la conscience du danger pénétrant les esprits de part et d'autre.

Les Hommes coururent vers l'avant, attrapant au passage cordages et récipients divers afin de puiser l'eau dans le vaste réservoir sur lequel ils flottaient. Ils espéraient que le feu n'avait pas eu le temps de se propager à l'intérieur de façon trop importante. Pour le savoir, il aurait fallu descendre, mais les flammes qui s'échappaient de l'écoutille avant enlevaient tout espoir de ce côté-là.

Les Floups, eux, n'avaient qu'une hâte : éloigner rapidement le *Sibélius* de ce qui deviendrait bientôt un brasier flottant. Pour ce faire, il leur fallait décrocher les grappins utilisés pour l'abordage et rejoindre leur bord très vite, en supprimant tout ce qui pouvait constituer un lien avec l'*Amadeus*.

Gilliatt avait déjà plongé dans l'eau un seau attaché à la va-vite à un filin et il le remontait péniblement, quand il fut pris à parti par Médor. Ce dernier, estimant qu'il ne le remontait pas assez rapidement, cherchait à prendre sa place.

— Trouve-toi un récipient, Médor, cria-t-il, au lieu de voler celui des autres.

— C'est celui-ci que je veux, minable! jappa l'autre.

Gilliatt, devant l'urgence de la situation créée par l'incendie qui ne manquerait pas de s'étendre, lui balança un coup de pied dans le ventre. Mal lui en prit : deux matelots qui passaient, amis de Médor, vinrent à la rescousse de ce dernier. Ils aplatirent Gilliatt face contre le pont, et l'immobilisèrent, bras croisés dans le dos. Comme Gilliatt se débattait, ils l'assommèrent en lui assenant un coup de poing sur la tempe.

— Qu'est-ce qu'on en fait, Médor? demanda celui qui l'avait abattu.

Médor, atteint au bas-ventre, avait peine à reprendre son souffle.

— À l'eau, l'ami de Pylore, lâcha-t-il. On n'aime pas les favoris à bord.

Les deux marins marquèrent un temps d'hésitation. Comme les autres matelots, ils avaient souvent partagé les plaisanteries à propos de l'amitié qui unissait le capitaine à leur victime. Mais comme ladite victime n'avait jamais répondu à cette demande d'amitié exclusive et avait refusé toute faveur de son supérieur, les plaisanteries tournaient court assez vite.

Gilliatt avait toujours gardé son rang de simple matelot médecin malgré lui, mangeant en compagnie des autres la même chose qu'eux, rejoignant le hamac qui lui était dévolu dans l'entrepont au même titre qu'eux, effectuant ses quarts de garde sans chercher à s'en faire dispenser.

Généralement, il était plutôt bien accepté de ses compagnons. Il était détesté d'eux seulement quand il y avait des bagarres, parce qu'il refusait d'y participer.

Malgré cela, ses deux gardiens hésitaient. Médor, à peine remis, encore titubant, se précipita, écartant ses camarades, souleva Gilliatt par son pantalon, passa un bras sous son buste, et le hissa contre le bastingage.

— À l'eau, j'ai dit, ordure du capitaine, aboya-t-il. Ce sera moi le favori, maintenant.

Ce disant, il bascula le corps de Gilliatt par-dessus bord, s'empara du filin et fit remonter son seau comme si rien ne s'était passé.

13

Gaïg, cachée sous une des barques du *Sibélius*, se demanda une fois de plus si elle avait choisi la bonne solution. Elle avait plongé sans trop réfléchir pour échapper aux marins de l'*Amadeus* et n'avait pas refait surface, afin d'être bien sûre de leur échapper.

Ayant trouvé un cordage qui pendait dans l'eau depuis le pont arrière, elle s'y était accrochée : c'était tout ce qui la reliait à la terre ferme pour le moment, elle n'allait pas le lâcher. Elle resterait dans les eaux de l'*Amadeus* jusqu'à l'arrivée de l'autre bateau, dans lequel elle essaierait de se dissimuler.

Elle était demeurée longtemps immergée, et elle avait profité ensuite de l'obscurité de la nuit pour remonter à la surface et respirer à l'air libre en se collant contre la coque. Le temps ne lui avait même pas semblé long, tellement elle était assaillie de questions sans réponses.

Dans l'immédiat, elle se demandait comment les Floups l'accueilleraient s'ils la découvraient sur leur bâtiment. Peut-être qu'il valait mieux rester accrochée à l'*Amadeus* comme un coquillage, jusqu'à ce qu'il rejoigne un port? Elle s'arrangerait pour signaler sa présence à Gilliatt, afin qu'il lui passe un quignon de pain de temps en temps.

Mais si les Hommes remontaient le filin? Elle savait par expérience qu'elle ne pourrait pas suivre le bateau à la nage; une fois les voiles larguées, il avancerait trop vite. Et si ses occupants se rendaient dans les Contrées de l'Est, que deviendrait-elle, là-bas? Déjà qu'elle ne voulait plus entendre parler de ses semblables du pays de N'Dé…

Gaïg revint une fois de plus à l'idée implantée par Dikélédi dans son esprit, quand elles erraient sur les sentiers de Sangoulé en quête d'AtaEnsic, idée qui avait bourgeonné et fleuri au fil du temps. Une île. Elle désirait trouver une île, une île entre le ciel et l'eau, sans Hommes ni bateaux, une île au large de tout. Tant qu'à être seule sur cette Terre, sans père ni mère, autant qu'elle le soit jusqu'au bout.

L'idée de la solitude ne l'effrayait même pas. Ne demandant rien à personne, n'attendant rien de spécial de la vie, habituée à lutter depuis son plus jeune âge contre l'adversité, elle aspirait simplement à la paix. Et cette paix, elle la trouverait en un lieu où elle n'aurait rien à redouter pour elle-même, et où il ne se trouverait aucune Jéhanne pour lui donner des ordres. Son désir d'indépendance l'emportait sur le besoin de la présence d'autrui.

En attendant de découvrir un sol où poser le pied, elle pouvait seulement essayer de trouver refuge sur un bateau. Et si ce n'était pas celui-ci, c'en serait un autre. Par exemple, celui qui arrivait enfin, après avoir croisé l'*Amadeus* et fait demi-tour pour venir se placer dans son sillage, proue contre poupe.

Gaïg avait assisté à l'abordage aérien des Floups, mais ne s'était pas attardée au spectacle de la bagarre. Si elle voulait grimper en cachette sur leur bateau, c'était le moment ou jamais. Occupés à assister à la bataille qui se déroulait à l'avant, les membres de l'équipage qui demeureraient à bord relâcheraient la surveillance de leurs arrières.

Le sort la favorisait : l'échelle de corde qui avait servi à la mise à l'eau des deux barques pour le sauvetage de Pilaf n'avait pas été remontée. Gaïg l'emprunta et se retrouva à tribord, coincée entre deux embarcations retournées et le bastingage.

Elle supposa que les marins, après avoir remonté les esquifs, sans doute harassés par l'effort fourni, avaient purement et simplement oublié l'échelle. L'espace laissé entre le pont et le rebord courbé de la première barque retournée était restreint. Gaïg se dit qu'elle ne pourrait jamais se faufiler en dessous. Or l'ensemble lui paraissait trop lourd pour être soulevé.

Avisant la deuxième embarcation, elle s'en approcha. C'était un canot, plus petit, donc l'espace intérieur dont elle disposerait serait plus réduit. Mais il pesait moins lourd. Ce qui présentait des avantages et des inconvénients. Comme il était situé plus loin de l'échelle, on pouvait supposer que ses utilisateurs éventuels le mettraient à l'eau en second lieu, mais comme il était plus maniable, ils pouvaient aussi bien le choisir de préférence à l'autre.

Gaïg se dit qu'à tergiverser ainsi sur les avantages comparés des deux embarcations, elle perdait du temps. Néanmoins, l'avenir dépendait du choix éclairé qu'elle ferait.

Elle devait aussi profiter de la concentration des Floups à l'avant pour inspecter le bateau et essayer de découvrir les cuisines. Ce à quoi elle se livra incontinent, en faisant le tour par l'arrière. La chance était avec elle, tous les Floups se trouvaient réunis à la proue. Elle eut vite fait de franchir la première porte qu'elle rencontra, qui se révéla effectivement être celle de la cuisine.

Gaïg scruta rapidement les étagères, en quête de nourriture. Il fallait qu'elle fasse attention à ne pas laisser de traces. Un vol important serait trop facilement remarqué. Elle prendrait un peu de tout, en petite quantité. Elle devait agir vite, parce que l'occasion ne se représenterait pas de sitôt.

Il n'y avait pas grand choix, de toute façon, dans les denrées consommables sans cuisson. On était sur un bateau, pas à terre…

Elle découvrit des légumes, encore des légumes, beaucoup de légumes. Ou des fruits. Gaïg choisit rapidement les végétaux qu'elle pourrait croquer crus et les entassa, en guise de sac, dans un grand torchon rectangulaire qui se trouvait là. Pourvu que le cuisinier ne s'aperçoive de rien…

Elle revint au petit canot avec son butin et le fit glisser sous l'embarcation, avant de s'y engager. Elle dut quand même le soulever pour pénétrer dessous et fut étonnée de l'étroitesse des lieux. Vu de l'extérieur, il lui avait semblé plus volumineux.

Coincée entre les planches qui servaient de banc quand la barque était en position normale, sur l'eau, elle disposait de très peu de place pour bouger. Elle se demanda combien de temps elle tiendrait là-dedans. Si elle s'asseyait en tailleur, elle devait se pencher en avant et rentrer la tête dans les épaules. La meilleure posture, c'était couchée de tout son long à même le pont.

Gaïg pensa à chercher une autre cachette, mais elle redoutait de se retrouver coincée à l'intérieur du bateau, cernée par une armée de petits Floups belliqueux. La proximité de la mer, si elle demeurait sous le canot, la rassurait. En cas d'urgence, elle plongerait…

Et puis, il ne fallait pas rêver. L'espace était tellement restreint sur un bateau qu'espérer trouver la cachette parfaite dans laquelle elle pourrait demeurer des mois entiers relevait de l'illusion pure.

Les Floups la découvriraient tôt ou tard, il était donc primordial pour elle de se réserver une issue s'ils se révélaient trop agressifs.

Gaïg n'avaient pas réellement peur d'eux, Pilaf n'ayant pas réussi à l'impressionner autrement que par le toupet dont il faisait preuve. Mais il était seul. Affronter une vingtaine de Pilaf réunis, c'était une autre paire de manches.

Elle s'installa du mieux qu'elle put, coinçant la nourriture volée à l'avant du canot. Puis, mue par la curiosité, elle rampa au-dehors pour voir où les choses en étaient. Comme la bataille faisait rage, elle éprouva le désir de retourner à l'eau, ce qu'elle fit sans attendre. Elle passerait assez de temps coincée dans un espace trop étroit pour s'étirer, ce n'était pas la peine d'en rajouter.

Elle surveillait les Floups de près, disposée à regagner leur bord aux premiers signes d'appareillage. Un bon moment après, quand elle aperçut Gilliatt en train de puiser de l'eau à la mer, elle résista à l'envie de lui faire un petit signe d'amitié. C'eût été trop dangereux.

Comme elle vit en même temps les premiers Floups s'entasser à l'arrière de l'*Amadeus*, visiblement prêts à rejoindre leur bord, elle regagna promptement sa cachette.

C'est peu après, alors qu'elle se demandait si, en se réfugiant dans cet espace restreint au nez et à la barbe des pires ennemis des Hommes, elle avait choisi la bonne solution, qu'elle entendit le clapotis de l'eau au pied de l'échelle. Un clapotis assez fort pour éveiller sa curiosité, mais comme la prudence était de mise, elle ne bougea pas.

Les Floups s'agitaient sur leur bateau, elle entendait courir, parler, crier des ordres, il était même question d'incendie. Se pouvait-il qu'il y ait le feu à bord? Elle n'avait pourtant rien vu qui ressemblât à une flamme, de près ou de loin…

Peut-être qu'il venait de se déclarer et que quelqu'un puisait de l'eau tout près, en vue de l'éteindre… Elle glissa un œil dans l'interstice qui séparait le canot des planches du pont, mais il était trop étroit pour permettre une vision en hauteur. Tout au plus apercevait-elle parfois des pieds de Floups se déplaçant au loin.

C'était rassurant de savoir qu'ils ne venaient pas de son côté, et Gaïg respira. Mais le clapotement de l'eau se faisait de plus en plus sonore, et elle craignait qu'il n'attire l'attention des occupants du bateau. Peut-être qu'un animal en dévorait un autre? Ou bien la bataille avait-elle engendré des morts, qu'on avait envoyé nourrir les poissons?

Gaïg frémit à cette idée déplaisante, encore plus décidée à ne pas aller voir ce qui provoquait le bruit.

* * *

Quelques coudées au-dessous, Vaïmana l'Ancienne et Shitaké commençaient à désespérer. Elles avaient suivi Gaïg depuis le moment où cette dernière avait été recueillie par les pirates. Elles n'avaient pas lâché le bateau de vue et avaient tout observé de loin, tâchant, sans y réussir, de ne pas se faire remarquer.

Elles avaient assisté à la plongée de Gaïg depuis la proue de l'*Amadeus*, à sa nuit passée dans l'eau, serrée contre la coque du bâtiment, et Vaïmana avait été tentée plusieurs fois de se rapprocher d'elle et de dévoiler son identité. Elle avait dû faire appel à toute la maîtrise d'elle-même dont elle disposait pour ne pas se montrer. L'avenir des Sirènes dépendait de la prophétie des Nains, elle ne devait pas l'oublier…

Au matin, Shitaké et elle avaient vu Gaïg grimper dans l'autre bâtiment, se livrer à l'inspection des deux barques, disparaître un moment, revenir, se baigner et, pour finir, se dissimuler sous un canot. Elles ne comprenaient pas les raisons de ce comportement et se perdaient en conjectures.

— *Ma chère, je pense que ta petite protégée n'aime pas les Hommes, tout simplement,* avait suggéré Shitaké. *Elle préfère les Floups, c'est évident!*

— Il doit y avoir une raison plus compliquée à ce changement, je pense, soutenait Vaïmana.

— *Peut-être que ces Hommes se sont mal comportés envers elle, très chère…*

— Ils auraient essayé de… de… de la tuer, tu crois?

— *Oui, ou quelque chose de similaire. Pour qu'elle change ainsi de bateau, il faut une raison importante, tu l'as dit toi-même, ma chère!*

Elles avaient passé en revue toutes les raisons possibles et imaginables avant que Vaïmana ne conclue :

— De toute façon, suivre un bateau ou un autre, ça m'est bien égal. Je serai derrière celui qu'elle choisira, c'est tout.

— *D'autant plus que ces Floups se dirigeront sans doute vers leurs îles, donc vers le sud. Ça te rapprochera de Faïmano, très chère…*

— J'ai l'impression que je ne suis pas près de revoir Faïmano…

— *Hé, on ne sait jamais, ma chère. Oh, regarde!*

— Le feu. Il ne manquait plus que ça…

— *Regarde! Regarde, très chère! Ils nous donnent à manger!*

Shitaké, gourmande, s'était alors précipitée, avec force sinuosités, vers le corps qu'on avait précipité à l'eau. Vaïmana l'avait suivie, poussée davantage par la curiosité que par la faim. De toute façon, elle ne raffolait pas de la chair humaine. Ni de celle des animaux terrestres en général, d'ailleurs. Elle trouvait à cette nourriture un goût de… terre, justement. Elle était fade et manquait de sel.

Le corps s'enfonçait au ralenti dans les profondeurs, et Shitaké tournait autour, l'œil allumé à l'idée du festin impromptu qui s'offrait à elle.

— Tu es sûre qu'il est mort? avait demandé Vaïmana.

— *Quelle importance, ma chère? S'il ne l'est pas, il le sera...*

— Oui, on peut voir les choses comme ça...

Vaïmana vit le corps tressaillir à la première morsure, pourtant superficielle, de Shitaké, qui goûtait son repas. Elle tressaillit elle-même quand elle aperçut le visage dudit repas.

— Attends, Shitaké chérie, intervint-elle aussitôt. Il n'est pas mort. Et je me demande si...

Shitaké se réjouissait. Sa proie vivait toujours, elle bougeait. De la nourriture fraîche! Émoustillée, la Murène mordillait négligemment de-ci de-là, à la fois pour se divertir et pour se mettre en appétit. Elle ne tint aucun compte de la remarque de Vaïmana.

— Attends, je te dis, insista Vaïmana. Je crois que je le connais.

— *Et alors, qu'est-ce que ça change, ma chère? Tu le veux pour toi toute seule?*

— Je n'en suis pas sûre, mais il ressemble à...

Shitaké réalisait maintenant un petit dessin en pointillé rouge à la surface du dos, la queue ondulant de plaisir.

— À... à l'Homme d'Heïa. Arrête, Shitaké chérie, tu es en train de manger mon gendre!
— *Oh!*

14

À cette révélation inattendue, la Murène étoilée cessa immédiatement ses investigations alimentaires, l'air franchement déçu.

— *Tu... Tu crois? Tu es sûre?*

Elle était tellement déçue qu'elle en perdait son vocabulaire habituel.

— Non, je ne suis pas sûre. Mais je crois bien, ma chérie. Je ne l'ai pas vu souvent. Et toujours de loin. Je ne lui ai jamais été présentée, tu comprends. Heïa me l'a montré plusieurs fois, mais c'est tout...

— ...

Shitaké, rendue muette par la déception, examinait son repas tout en lui assenant sur le visage de petites gifles nerveuses du bout de la queue.

— Je crois qu'on devrait le remonter... suggéra Vaïmana. Il risque de se noyer, ici.

— Il va se noyer de toute façon, ma chère. Qu'en feras-tu, une fois là-haut?

Vaïmana hésita. Elle était de plus en plus convaincue qu'il s'agissait de l'amoureux d'Heïa. Ainsi, il était toujours en vie. Tant de temps s'était écoulé…

Elle se souvenait de son nom, Gilliatt. Et il lui semblait bien le reconnaître, malgré la maturité nouvelle du visage, tanné par l'air marin. Des ridules étaient apparues autour des yeux, blanches sur la peau bronzée, et les lèvres avaient perdu la commissure gourmande de la jeunesse. Mais c'était lui, elle le remettait maintenant.

Shitaké avait raison, l'Homme était en mauvaise posture. Il avait été jeté du bateau soit par ses ennemis, les Floups, soit par ses compagnons, qui le croyaient mort.

Comme le temps pressait, elle attrapa les deux mains de Gilliatt et le tira vers la surface. Celui-ci, toujours inconscient, ne réagit pas. Shitaké suivit, se demandant si, une fois mort, elle pourrait le consommer. Pour rien au monde, elle n'aurait voulu peiner Vaïmana, mais quel gaspillage ce serait, quand même…

— Et maintenant, ma chère? demanda-t-elle à la Sirène, une fois qu'elles furent arrivées à la surface.

Vaïmana était bien ennuyée. Que faire de ce gendre encombrant dont personne ne voulait, à part une Murène à l'appétit insatiable?

— *Te rends-tu compte que n'importe qui peut nous voir, depuis les bateaux, très chère?* fit remarquer Shitaké.

— Ils sont bien trop occupés à se battre entre eux...

— *Que non, ma chère. Les Floups regagnent leur bateau et les Hommes essaient d'éteindre l'incendie. Mais si l'un d'entre eux regarde par ici...*

— Alors viens, on va s'abriter contre leur bateau.

Vaïmana plongea pour se placer sous Gilliatt qu'elle eut vite fait de remorquer jusqu'au bâtiment des Floups.

— S'il revenait à lui, ce serait déjà mieux. Qu'en penses-tu, Shitaké chérie?

Shitaké n'en pensait pas grand-chose, refusant de considérer Gilliatt autrement que comme un repas qui lui échappait. L'aspect *vie humaine à sauver* était le cadet de ses soucis, mais elle ne voulait pas chagriner son amie.

— *Pour ça, je peux essayer, très chère!*

Ce disant, elle lui assena plusieurs gifles chargées de dépit avec sa queue.

— Pas si fort, Shitaké, tu vas le tuer!

— *Mais non, ma chère, mais non! C'est comme cela, avec les Hommes!*

Comme Gilliatt présentait quelques sursauts de retour à la vie, Vaïmana ne dit rien. Shitaké, constatant les bienfaits de sa thérapeutique, redoubla d'application.

— *Place-le contre l'échelle de ta jeune amie, qu'il ait quelque chose à quoi s'accrocher quand il reviendra à lui. Et prends garde à toi, très chère.*

— Attention, tu fais trop de bruit avec l'eau. Si les Floups t'entendent…

— *Alors, ils nous le renverront, ma chère,* répondit Shitaké, se délectant secrètement à cette savoureuse pensée, tout en reprenant son traitement si efficace.

Mais Gilliatt se raidit, puis toussa. Vaïmana fit rapidement passer un bras de celui-ci entre deux barreaux de l'échelle de corde, l'arrimant tant bien que mal pour qu'il flotte un moment, le temps de reprendre complètement conscience, puis elle plongea.

Shitaké s'accorda le plaisir de quelques claques supplémentaires avant de s'éloigner de son repas raté. Toutes les deux se rejoignirent sous la surface, d'où elles assistèrent à la reprise de conscience accélérée de Gilliatt : le bateau auquel il était arrimé commençait à se déplacer.

Gilliatt, visiblement hébété, comprit de façon instinctive qu'il valait mieux pour lui s'accrocher à l'échelle. Tout en se retenant, il fit rapidement le point : la bataille, l'incendie, ce chien de Médor qui l'avait attaqué pour s'emparer de son seau. Il avait été jeté à l'eau, par Médor, sans doute, ou par ses deux sbires, ou par les trois réunis, et il avait failli se noyer. Une fois remonté à bord, il donnerait à ces crapules une leçon bien méritée.

Cependant, quelque chose n'allait pas, dans tout cela. Gilliatt ne reconnaissait pas l'échelle de corde de l'*Amadeus*, ni le bois de sa coque ni même sa couleur. Quand il réalisa qu'il était accroché au *Sibélius*, de surprise, il faillit tout lâcher et retomber à l'eau.

Il était trop tard, le bateau avançait. D'où il se trouvait, collé comme un rémora à la coque, à tribord arrière, Gilliatt ne pouvait voir l'*Amadeus*, alors à bâbord par rapport à lui. Mais il entendait les cris, et l'odeur de la fumée ne trompait pas : cette fois, c'en était fini de son séjour sur le bateau de Pylore.

Le désespoir l'envahit. Certes, il avait pris un peu plus tôt la décision de quitter l'*Amadeus*. Mais pas dans ces conditions… Quel avenir l'attendait, avec les Floups? La mort, tout simplement. Il n'avait aucune chance, seul contre tous. Et ces derniers ne laisseraient pas passer une si belle occasion…

Il eut envie de rejoindre l'*Amadeus* à la nage avant qu'il ne soit trop tard, mais l'odeur de la fumée l'en dissuada. Si le vieux rafiot était en train de brûler, il ne serait pas plus avancé. Il choisit de grimper le long de l'échelle de corde afin de jeter un coup d'œil discret sur le pont.

Les Floups étaient en train de contempler le bateau en feu, même ceux qui avaient des manœuvres en train. Ils les accomplissaient machinalement, sans prêter plus d'attention que ça à ce qui représentait une routine pour eux.

Gilliatt, avisant les deux barques retournées, envisagea de se cacher sous la plus proche, qui était la plus grosse des deux. Ce ne pouvait être qu'une solution d'attente, le temps de réfléchir et de prendre une décision. Tant qu'à mourir, il essaierait de repousser le plus possible le moment de dévoiler sa présence à ses futurs tortionnaires.

Avec mille précautions, il se hissa sur le pont et s'allongea entre le bastingage et la barque. Il dut soulever celle-ci pour se glisser au-dessous, mais son poids ne représentait pas le même handicap pour lui que pour Gaïg.

Cette dernière, de son côté, bien que ne comprenant pas ce qui se passait, s'était abstenue de tout mouvement, immobile et raidie dans la contemplation d'un nœud du bois qui formait le canot, juste sous ses yeux. Elle avait été intriguée par les clapotis provoqués par les vigoureuses claques de Shitaké, puis par le bruit de quelqu'un grimpant le long de l'échelle.

Terrorisée à la pensée d'être vue par un Floup tombé à l'eau qui regagnait son chez-lui, elle avait été stupéfaite de constater que le grimpeur se glissait sous l'autre embarcation. Il voulait donc se cacher? Pourquoi?

Elle avait tourné la tête doucement sur le côté en rentrant le menton dans la poitrine pour avoir un meilleur angle de vision, tremblant à l'idée d'être découverte, et elle avait glissé un œil dans l'interstice laissé par le canot reposant sur le pont. Deux pieds calleux finissaient de disparaître sous la barque. Des pieds ordinaires, à la peau rugueuse, fendillée de mille fissures sous les talons. Des pieds d'Homme habitué à marcher sans chaussures. Des pieds d'*Homme*!

Un Homme sur le bateau des Floups! Un des marins de l'*Amadeus*? Ce serait lui qui aurait déclenché un incendie chez les Floups? Gaïg sentit la chaleur de la peur l'envahir, la sueur perla immédiatement dans son dos, elle trouva insupportable sa situation, coincée dans un habitacle aussi exigu, ne pouvant même pas changer de position.

Mais pourquoi l'incendiaire se dissimulait-il sur le lieu-même de son forfait? Une fois celui-ci accompli, il aurait dû plonger et rejoindre son bâtiment... Or il venait de la mer. Il avait donc fui son bateau? Pour se réfugier chez les Floups, ses pires ennemis? Impossible... Mais où y avait-il le feu, d'abord?

Gaïg ne savait que penser. La situation lui semblait pour le moins étrange. La présence de son voisin dérangeait ses plans. Non que ceux-ci fussent bien précis dans sa tête... Mais, malgré leur flou, ils ne faisaient pas entrer en ligne de compte un deuxième passager clandestin. Combien de temps mettraient les Floups pour les découvrir?

Ceux-ci, occupés pour l'heure à s'éloigner de l'*Amadeus*, étaient à mille lieues de se douter que leur bateau emportait deux voyageurs supplémentaires. L'eussent-ils su qu'ils n'auraient pas hésité longtemps : à l'eau, tout ce qui n'était pas floup! Encore échauffés par la bataille, ils la commentaient, se congratulant mutuellement pour leur victoire.

Ils revenaient sur les moments clefs, mimant les feintes et les esquives, félicitant Flopi pour sa vitesse de réaction avant sa *cabeçada*[1] déséquilibrante ou Plifo pour avoir déclenché l'incendie.

Ce dernier, profitant d'un creux dans la conversation, avait eu une remarque étrange.

---

1. Nom donné au coup de tête dans la florinette.

— Avez-vous remarqué qu'un des Hommes ne se battait pas?

— Un pleutre, un lâche, un poltron, un capon, un couard, un traître, il y a une multitude de noms pour désigner ces gens-là! avait répondu Flip, l'aide-cuisinier de Plifo, grand souffleur de mots de Plofi quand ce dernier se trouvait pris de court dans une narration.

— Ce n'est pas l'impression que j'ai eue. C'était plutôt comme un choix de sa part, dans une optique de non-violence, peut-être.

— Hum! La lâcheté peut se cacher derrière d'autres noms, en se trouvant toutes sortes de bonnes raisons pour se justifier…

— Il n'empêche que j'ai eu la vie sauve grâce à lui! Il n'a pu retenir un mouvement de surprise en regardant derrière moi, et c'est ce qui m'a fait supposer que j'étais en passe d'être attaqué dans le dos. J'ai donné un coup de pied sans même savoir ce qui se trouvait en arrière. Bien m'en a pris, d'ailleurs!

Ce disant, Plifo rejouait la scène pour ses compagnons, expliquant comment, par la suite, il avait facilement terrassé Ysengrin, ahuri par sa chute dans l'écoutille. Une fois dans le ventre du bateau, il était tombé sur un ballot d'étoupe, sans doute mis en réserve pour calfater les brèches éventuelles de la coque. C'était ce qui lui avait donné l'idée d'incendier le bâtiment.

— Ah, ces cuistots! avait conclu Flip. Tous des pyromanes!

Ses compagnons avaient semblé perplexes, mais personne ne lui avait demandé le sens de ce mot inhabituel. Les conversations revenaient inlassablement sur la bataille, l'attaque par les airs, la feinte de Flopi, les golpes délivrés, le floreio de l'ensemble.

Le *Sibélius* gagnait petit à petit de la vitesse. Maintenant que les Hommes avaient reçu une bonne leçon, Flopi n'avait qu'une hâte : contourner la mer des Vents morts par le nord et rejoindre Pilaf, comme prévu, de l'autre côté. Ensuite, on aviserait.

Il se demandait néanmoins comment le galapiat s'en était sorti avec le deuxième bateau. Avait-il réussi à le semer? Et Pafou, n'avait-il pas fait de mauvaises rencontres, de son côté, avec ses passagers kikongos?

15

La *Bella-Bartoque* était un bon bateau. Pilaf était fier de lui. Pilaf l'aimait. Il ne désavouerait pas son bâtiment pour une avarie. Si grave soit-elle.

En effet, la *Bella-Bartoque* avait un problème de gouvernail et cela faisait maintenant presque deux jours que Pilaf luttait pour maintenir le cap au sud.

Plofi et Falop, aidés de Bélimbé et des autres Nains, avaient réparé le gouvernail tant bien que mal. Il n'était plus question du rendez-vous pris avec Flopi, parce que tenter la traversée du courant des Cocos dans ces conditions eût relevé de la folie pure et simple.

Le gouvernail avait été cassé à cause d'une branche, récupérée sans doute lors du passage dans la mer des Vents morts. Elle s'était coincée entre le gouvernail et la coque et n'avait apparemment pas gêné la manœuvre tant que le bateau avait avancé en ligne droite.

Elle l'avait néanmoins ralenti, ce qui pouvait expliquer pourquoi Pilaf avait été rattrapé par ses poursuivants. La poursuite avait duré toute la nuit, et le jeune capitaine n'avait pas compris pourquoi son fier coursier se traînait ainsi. Il avait d'abord rendu le courant responsable de sa lenteur.

Falop et Plofi, eux, avaient décrété, en aparté, que le bâtiment n'était peut-être pas si bien que ça. Ils comprenaient que Pilaf en soit fier parce que c'était son premier bateau, mais ils ne voyaient pas, dans ce tas de bois flottant, le profil harmonieux d'une goélette floupe fendant hardiment les flots.

Pilaf avait compris ce qui se disait, mais n'était pas intervenu. Il était mortifié, mais n'aurait voulu le reconnaître pour rien au monde. Il avait donc affiché l'air imperturbable de l'indifférent qui plane bien loin au-dessus du vulgaire, bien décidé à rester fidèle à son bateau. Trompe, solidaire, ne l'avait pas quitté.

— Je pense que ce n'est pas seulement le courant, il doit y avoir autre chose qui l'empêche d'avancer, lui avait-elle chuchoté. Tant qu'il faisait nuit, c'était difficile de voir, mais maintenant que le jour se lève, on va inspecter ton bateau et on verra.

— Je comprends pas, avait répondu Pilaf, laissant tomber son masque dans l'intimité retrouvée avec sa sœur. Il allait vite, avant.

— On y verra mieux en plein jour. En attendant, les autres se rapprochent. Ce sont des gens des Contrées de l'Est, selon Plofi. Il est en train d'impressionner Afo avec ses histoires… Mais il surveille le *Wolf-Gang* en même temps. C'est le nom du bateau. Il dit qu'ils seront sur nous en milieu de matinée, si ça continue ainsi.

— Eh bien, on livrera bataille, et on gagnera! J'ai vu les Nains à l'œuvre, ils sont… nature, quand ils sont déchaînés! Ils n'ont rien à envier aux Floups…

Peu après, le soleil avait fait son apparition et donné une juste vision des distances. Le bateau chasseur s'était encore rapproché, et on pouvait distinguer les visages barbares, certains peinturés, de ses occupants sur le pont.

— Je crois qu'on devrait faire face au lieu de fuir, avait suggéré Pilaf. Sinon, ils se feront des illusions, ces démons-là.

— Ils méritent une bonne leçon, oui! avait appuyé Plofi. Encore des prétentieux de l'Est! On va les raccourcir de tout ce qui dépasse!

Comme personne ne s'opposait, Pilaf avait pris la décision d'affronter ses poursuivants. C'était lui le capitaine, l'équipage suivrait! Et même si quelques doutes subsistaient chez Falop et Plofi quant à une victoire possible avec seulement quatre Floups à bord, ils n'existaient pas chez Pilaf, qui avait été témoin, quand ils avaient mouillé à Sondja, de la violence dont les Nains pouvaient faire preuve contre les Hommes.

C'est quand le capitaine avait voulu virer de bord pour faire face à ses adversaires que les choses s'étaient gâtées. Il y avait eu un grand craquement, et tous les passagers avaient ressenti la vibration qui avait parcouru la *Bella-Bartoque*.

Le bâtiment n'avait pas obéi à l'ordre donné et refusé de changer de cap. Par la suite, il avait un peu dévié de sa route, mais pas assez pour virer de bord.

Pilaf avait immédiatement laissé la barre à un Loki pas peu fier de cette confiance toute nouvelle, et s'était précipité à la poupe, suivi de Trompe, Falop et Plofi. Les quatre Floups, marins depuis plusieurs générations, avaient tout de suite deviné, d'après les signes, la nature du problème. Il venait du gouvernail.

En se penchant par-dessus bord, ils avaient compris. Une branche dépassait de part et d'autre du gouvernail, chargée d'algues entremêlées, accrochées au hasard pendant la nuit. C'était cet amas informe qui était responsable du ralentissement du bateau.

Tant que la branche avait été seule, elle n'avait pas trop gêné les manœuvres, coincée sans doute dans une position sans conséquences. Mais au fil de la traversée, elle avait dû bouger, son mouvement avait été amplifié par le chargement d'algues, et quand on avait voulu virer de bord, elle s'était rompue. Et le gouvernail aussi.

Les quatre Floups, atterrés, n'avaient guère eu le temps de réfléchir. Les premières flèches avaient été tirées depuis le *Wolf-Gang* qui les avait rattrapés, et l'une d'entre elle avait atteint AtaEnsic, non loin du cœur.

La Licorne s'était effondrée sur le flanc, créant un moment de flottement. Qui n'avait pas duré.

— À vos arcs, les filles, avait crié Winifrid dans la langue du pays de N'Dé. Visez les voiles, vous ne les raterez pas. On va en faire de la dentelle, ils ne pourront plus avancer.

Pilaf, à sa grande stupéfaction, avait vu Loki quitter d'un bond léger son poste de responsable à la barre, saisir son arc et commencer à lâcher une volée de flèches avec une rapidité ahurissante. Le plus étonnant, c'était qu'il faisait mouche à chaque tir. Il ne visait pas les voiles, mais, bien évidemment, les fesses de l'adversaire…

Plusieurs Hommes s'étaient déjà écroulés sur le pont. Winifrid n'était pas en reste, aussi rapide et aussi précise dans son jeu que le Pookah, mais se contentant de viser les cuisses. Kodjo, Trompe et Dikélédi armaient leur arc et décochaient une flèche pendant que les deux autres en lâchaient une bordée.

Mais, lenteur ou pas lenteur, les voiles avaient été atteintes par les trois nouvelles archères, et les premières déchirures étaient apparues. Il avait suffit d'un peu de vent soufflant dans la voilure pour parfaire le travail.

Pilaf avait repris la barre, non moins stupéfait – et passablement énervé, il faut bien le dire – de la légèreté avec laquelle le Pookah avait abandonné son poste que de son adresse à l'arc.

— Ton capitaine de rechange n'a pas fait long feu, avait commenté Falop, tout aussi surpris. Lâcher la barre comme ça! C'est pas des marins, ces gens-là…

— J'en reviens pas… Et regarde-le! Il perd pas une seule flèche! Winifrid non plus! À ce train-là, y'aura même pas d'abordage…

— Ouais, c'est pas des marins, mais c'est des guerriers, faut reconnaître. Et Trompe qui s'y met! Regarde, elle a atteint le petit foc! Et il se déchire…

Effectivement, les premiers accrocs s'étaient agrandis sous la force du vent s'y engouffrant, sous l'œil étonné des Floups et des Nains qui, armés de pied en cap, attendaient, prêts au combat, Macény en tête, l'air redoutable. Mais l'équipage du *Wolf-Gang*, visiblement pris de court par cette réponse rapide et juste à son attaque, était demeuré abasourdi.

Des Hommes étaient allongés sur le pont, une flèche fichée qui dans la fesse, qui dans la cuisse, invectivant leurs semblables pour qu'ils réagissent. Quelques-uns avaient rampé pour se mettre à l'abri, dégoûtés de ces blessures récoltées sans même avoir eu le temps de livrer bataille dans un corps à corps suant et sanglant au cours duquel ils auraient pu se défouler sur leur agresseur.

Comme ses voiles n'offraient plus la même résistance au vent, le bateau était devenu difficile à gouverner. L'Homme de barre avait beau s'escrimer, la voilure déchirée gênait la manœuvre, et il ne pouvait pas garder le cap. Le *Wolf-Gang*, en perte de contrôle, s'était éloigné de la *Bella-Bartoque*, semblable à un grand oiseau blessé qui bat des ailes, exilé sur le sol.

Winifrid, pour parfaire la situation, avait visé le bras droit de l'Homme de barre, qui s'était écroulé à son tour, terrassé par la douleur. Un marin qui se trouvait à côté de lui et qui s'était précipité pour prendre la relève, avait subi le même sort. Winifrid avait mis successivement hors d'état de nuire trois marins après ces deux-là. Finalement, ils avaient renoncé à s'approcher de la barre, préférant la dérive à une éventuelle amputation due à une flèche empoisonnée de la démone miniature qui les bombardait à une vitesse hallucinante.

La distance avait augmenté entre les deux bâtiments, mais sans qu'aucun des deux capitaines pût réellement choisir son trajet. Winifrid avait tourné vers Loki une face rose d'excitation.

— *On dirait qu'ils renoncent...*

C'est à ce moment qu'une ultime flèche, tirée depuis le *Wolf-Gang*, avait frôlé la moustache du Pookah, manquant de lui arracher le visage, avant d'aller se ficher dans la rambarde de l'autre côté du pont, à deux doigts d'AtaEnsic, toujours effondrée, la tête reposant sur les cuisses de Mfuru.

Le sang de Loki n'avait fait qu'un tour.

— Ma moustache, tonnerre de Brest! Naufrageurs! Flibustiers! Vermine! Pignoufs! Bande de Bachi-bouzouks! Parasites! Noix de cocos! Scolopendres! Patapoufs!

— Mais qu'est-ce qu'il dit? avait demandé Plofi à Pilaf.

— Je sais pas, j'ai jamais entendu un marin injurier comme ça… avait répondu celui-ci, songeur. Ni même un capitaine…

— Il faudra que je m'en souvienne, pour l'avenir… Ce serait amusant, dans une histoire…

Loki avait continué, rendu furieux par le péril auquel il avait échappé de justesse. Péril qui ne concernait pas tant la mort qu'il avait frôlée, que la perte de cette belle moustache dont il était si fier. Il semblait disposer d'une liste d'injures toutes faites, dans laquelle il pouvait puiser à volonté.

— Mille millions de mille sabords, ils ont failli me l'arracher! Accapareurs! Écornifleurs! Cannibales emplumés! Forbans! Frères de la côte! Gibier de potence! Ivrognes! Esclavagistes! Marins d'eau douce! Tchouk-tchouk-nougats!

En un instant, il était devenu le point de mire de ses compagnons éberlués. Txabi, visiblement, se concentrait pour mémoriser ce vocabulaire nouveau pour lui.

— Vipères! Scorpions! Cornichons! Ectoplasmes! Paltoquets!

Intarissable, il aurait sans doute continué longtemps encore si Winifrid ne lui avait pas posé une main apaisante sur l'épaule.

— *Il faut s'occuper d'AtaEnsic, maintenant.*
— Saperlipopette, c'est vrai, ça! Et je suis médecin aussi, à mes heures! Cette bonne grosse AtaEnsic, je vais la soigner, hé! hé!

Il avait retrouvé son calme instantanément et s'était dirigé vers AtaEnsic. Malheureusement, ou heureusement, il était arrivé trop tard. Mukutu, guérisseur de son état, s'était déjà occupé de la Licorne, libérant en un tournemain les chairs de l'objet qui s'y était fiché. Il avait voulu faire saigner la blessure abondamment afin d'en extraire le poison éventuel, mais AtaEnsic s'y était opposée. En tant que Licorne, elle pouvait certifier que la flèche n'était pas empoisonnée.

Un pansement avait été posé sur la plaie. Mfuru, serrant la tête de son amie dans ses bras, la consolait de son mieux, lui chuchotant des paroles réconfortantes au creux de l'oreille.

Macény, un peu impressionnée par la taille d'AtaEnsic, ne comprenait pas que son fils se colle ainsi contre elle. Sa vindicte était légèrement retombée, face au tableau qui s'offrait à elle. Et si la grosse Licorne écrasait sans le vouloir sa petite tortue? Mais la petite tortue ne craignait rien, seulement préoccupée du bien-être de la grande complice que la vie avait mis sur son chemin.

Winifrid avait vérifié l'état de la blessure, inquiète. On ne pouvait rien faire de plus, les Licornes se soignaient elles-mêmes. En réalité, elles jouissaient toujours d'une parfaite santé, l'éternité ne s'accommodant pas de la notion de maladie.

Mais une blessure de guerre n'était pas une maladie et, dans ces cas-là, la situation était plus délicate. Dans la plupart des cas, il dépendait de la Licorne qu'elle guérisse ou qu'elle se laisse mourir. La Dryade, au cours de sa longue vie, avait vu des Licornes s'éteindre à petit feu, sans qu'on ne pût rien faire pour les sauver, simplement parce l'existence ne les séduisait plus.

Dans le passé, elle n'aurait pas parié sur le désir de vivre d'AtaEnsic, très malheureuse de la perte de sa corne. Mais maintenant, elle voulait croire que la Licorne avait trouvé une raison d'exister, qui s'appelait Mfuru.

Pourtant, elle n'en était pas très sûre.

AtaEnsic n'avait jamais fait réellement le deuil de sa corne, et même si elle n'en parlait pas, Winifrid n'ignorait pas à quel point elle s'en trouvait chagrinée. Elle détestait les Hommes et, comme par un fait exprès, quand ceux-ci apparaissaient, c'était elle qui en faisait les frais.

Cette nouvelle épreuve serait décisive, se disait la Dryade. Si AtaEnsic choisissait la guérison, cela signifierait qu'elle acceptait les aléas de la vie, y compris le fait d'être devenue différente de ses semblables. Et Winifrid comptait beaucoup sur Mfuru pour influencer son choix.

Celui-ci caressait délicatement l'énorme tête qui reposait toujours sur ses cuisses. Il chantonnait une mélopée très douce, et la Licorne avait fermé les yeux.

Loki s'était assis tout contre son ventre, entre ses pattes, afin de lui faire sentir sa présence. Il n'ignorait rien des pensées qui agitaient Winifrid, mais il ne voulait pas envisager la disparition de *sa* Licorne. Pas là, si loin de Nsaï!

Il se faisait fort de la maintenir en vie, rien que par sa présence, sa chaleur, ses vibrations. Tant pis pour le bateau, tant pis pour la navigation et les aventures, AtaEnsic avait besoin de lui et il demeurerait à ses côtés jusqu'à ce qu'elle retrouve son entrain.

De temps en temps, comme pour se placer dans une meilleure position, il bougeait ou se redressait en s'appuyant plus que de raison sur elle afin d'augmenter le contact entre eux.

Winifrid avait compris et était venue se glisser près de lui, tout contre AtaEnsic. Elle aussi, elle la maintiendrait en vie.

16

Pilaf avait assisté à la scène de loin et en avait déduit qu'il serait privé de son second pendant quelque temps. Ce qui n'était pas plus mal, avait-il pensé, encore mortifié par son manque de discernement quant à la confiance accordée un peu plus tôt au Pookah pour diriger le bateau.

Il ne pouvait pas trop lui en vouloir, cependant, puisque son indigne second s'était rattrapé en défendant vaillamment la *Bella-Bartoque* et en mettant l'ennemi en fuite. Et lui-même, en se laissant emporter par le courant des Cocos, ne s'était pas toujours montré un capitaine hors pair. Or aucun de ses passagers ne l'avait condamné à ce moment-là. Cela avait même été le contraire…

Pilaf se disait qu'il n'avait pas fini d'être étonné par cet équipage hétérogène, à commencer par la petite-mignonne-gentille qui tirait si bien à l'arc. Qui sait, peut-être qu'elle accepterait de rester définitivement à son bord... Il lui apprendrait les subtilités de la florinette, elle lui enseignerait la maîtrise de soi nécessaire pour bien viser, et à eux deux...

Pilaf serait bien parti à rêver, mais ses responsabilités l'en empêchaient. Maintenant que le danger présenté par les Hommes était écarté, il devenait urgent de s'occuper du gouvernail.

Falop et Plofi, debout à la poupe, étudiaient la situation depuis le pont. Trompe s'apprêtait à plonger, mais Pilaf l'avait arrêtée, lui proposant de prendre le commandement à sa place.

— De toute façon, on peut rien diriger pour le moment, avait-il émis d'une voix lasse.

— Alors autant aller voir ce qui se passe, avait-elle répondu, à cheval sur la rambarde. Je peux déjà enlever cet amas d'algues et dégager le gouvernail. Ensuite, on avisera.

Le nouveau capitaine avait hésité un court instant. Devait-il considérer cet entêtement comme de l'insubordination et insister pour être obéi, voire même sévir?

Comme Trompe n'avait pas encore plongé, attendant une confirmation, il se dit que l'entêtement n'était pas de la désobéissance, et choisit de la laisser faire. Elle avait toujours été sa meilleure alliée, il n'allait pas s'en faire une ennemie en la rappelant à l'ordre devant les autres. De toute façon, il l'adorait, sa sœur jumelle, sa complice depuis toujours, malgré la séparation imposée par son enlèvement.

Et bien que ne se trouvant pas à bord depuis longtemps, elle avait déjà prouvé qu'elle se tiendrait à ses côtés quoi qu'il arrive, écoutant pour lui ce qu'on ne voulait pas qu'il entende. Il haussa les épaules en souriant et lui fit signe de plonger.

Il aurait bien le temps de discuter avec elle dans les jours à venir et il l'avertirait : si elle voulait recevoir la *Bella-Bartoque* en cadeau quand il aurait fait fortune, il ne fallait pas qu'elle le mette en échec devant les autres…

Pilaf avait soupiré légèrement, aux prises avec ses nouvelles responsabilités de capitaine qui devait gérer un équipage. Les relations entre individus représentaient quelque chose de neuf pour lui et il se sentait un tantinet inexpérimenté dans son poste.

Entre la jument blessée et comme soudée à ses compagnons, les autres Nains qui se tenaient en un groupe compact, soudés eux aussi, à croire qu'ils ne pouvaient vivre séparés, sa sœur aussi têtue que lui, son père auquel il devait prouver qu'il n'était pas un capitaine de hasard, il avait de quoi penser. Et ce jeune Salamandar qui se confondait avec le bois du bateau, toujours occupé à se chauffer au soleil, et qu'il apercevait en général au dernier moment…

La situation aurait pu être drôle, si elle n'avait été aussi dramatique, avec ce gouvernail qui n'obéissait pas.

Puisque le bateau ne pouvait être dirigé, autant le laisser dériver, s'était-il dit en s'approchant, après avoir jeté un bref coup d'œil pour s'assurer de la position du *Wolf-Gang*. Mais il n'y avait plus rien à craindre de ce dernier tant qu'il n'aurait pas remplacé ses voiles déchirées. Après, il voudrait peut-être se venger et reprendrait la chasse. À condition qu'il ait un jeu complet de voiles de rechange dans sa cale, et qu'il ait oublié la redoutable adresse des archères-dentellières de la *Bella-Bartoque*...

Pilaf s'était penché par-dessus le bastingage afin d'avoir le compte rendu de Trompe. Cette dernière, après avoir plongé plusieurs fois sous la coque, donnait déjà les premiers résultats de son inspection.

— Trop de débris, on ne voit pas bien. C'est une branche, qui est coincée entre le safran et l'étambot. Elle a accroché ces maudites algues. Je vais dégager tout ça.

Armée de son couteau, elle avait commencé à tailler dans le tas végétal afin de libérer le gouvernail.

— De toute façon, il faudra mettre la barque à la mer pour réparer. Autant le faire tout de suite, avait suggéré Falop.

Pilaf et Plofi, aidés de Bélimbé, Babah et Falop, avaient descendu la petite embarcation. Les trois Floups avaient sauté lestement à bord, suivis, à la surprise de tous, de Bélimbé.

— Je sais travailler le bois, avait-il expliqué sans s'étendre davantage.

Les Floups s'étaient tus. Même s'ils pensaient être les meilleurs sur un bateau, il ne fallait pas négliger l'aide qui s'offrait. D'autant plus qu'une fois arrivés près de Trompe, ils avaient senti un frisson parcourir leur dos.

La situation n'avait rien de plaisant. La jeune Floupe avait coupé tout ce qui dépassait, et s'efforçait de dégager le gouvernail. Mais, dans la transparence de l'eau, on pouvait d'ores et déjà se rendre compte que ce dernier était cassé.

Pourtant, la branche qui s'était glissée entre l'étambot et le safran n'était pas si grosse que ça, et elle aurait aussi bien pu s'être libérée d'elle-même.

Mais la malchance avait sévi, les algues s'étaient accumulées, se plaçant à cheval sur le morceau de bois. Même si au départ, celui-ci s'était trouvé en position oblique, le poids des algues l'avait déplacé et, une fois à l'horizontale, il avait récolté encore plus de ces cheveux maudits de la mer, dont la masse avait ralenti l'avancée du bâtiment.

Quand Pilaf avait voulu virer de bord, cette masse avait fait contrepoids, et le gouvernail avait cédé sous la pression imposée. La barre de fer en U qui consolidait le safran s'étant tordue, les planches de ce dernier s'étaient disjointes.

Trompe travaillait activement à l'enlèvement des algues. Mais cela ne changeait rien à ce que Pilaf avait déjà compris. L'avarie était grave et en haute mer, ils pourraient seulement effectuer une réparation de fortune. Le rétablissement définitif du gouvernail nécessitait la mise en cale sèche de la *Bella-Bartoque*.

Pilaf avait frémi. Il se rendait compte qu'il faudrait payer. Ce n'était pas tout d'avoir un bateau à soi, encore fallait-il posséder les moyens de l'entretenir. Ce qui n'était pas son cas, puisqu'il n'avait encore procédé à aucun abordage de navire marchand et ne détenait aucun butin. Auparavant, il était mousse, et non pirate…

Il se demanda s'il serait obligé de vendre son bateau, faute de pouvoir acquitter le coût des travaux. Non, ce serait trop dommage. Il l'aimait, cette vieille barque sur laquelle il naviguait depuis l'âge de cinq ans, il ne s'en séparerait pas si facilement. S'il la vendait, ce serait à condition de pouvoir demeurer à son bord, même comme mousse de nouveau, pour la racheter plus tard.

Mais peut-être que je dramatise, se disait-il. Falop ne refuserait pas de l'aider. Il le rembourserait après. Néanmoins, pétri d'orgueil comme il l'était, cela le gênait de devenir, même momentanément, l'obligé de son père.

Pourtant, il le faudrait bien… Trompe avait enlevé les derniers débris, dégagé la branche responsable, écrasée en son milieu en un amas indistinct de fibres végétales, et le gouvernail apparaissait bel et bien cassé, dans la transparence de l'eau.

Falop et Plofi gardaient le silence, aussi consternés que le capitaine. Ils réfléchissaient à la meilleure solution pour remettre le bateau en état, hésitant entre deux de leurs îles, là-bas, très loin dans le Sud : Flétan, où se trouvaient les principaux chantiers navals floups, et Plie, plus proche, mais dépourvue de chantiers spécialisés.

Or la barre tordue qui encadrait le safran nécessitait un travail de spécialiste, équipé des outils adéquats.

— Il faudra sans doute descendre jusqu'à Flétan pour réparer ça, mon garçon, avait dit Falop en posant la main sur l'épaule de Pilaf.

— On peut faire escale à Plie d'abord, mais ça m'étonnerait qu'ils aient le matériel là-bas, avait ajouté Plofi.

— Il faut démonter de toute façon, avait conclu Pilaf. Parce que tel que c'est là, on peut aller nulle part avec.

Il n'avait pas osé continuer parce qu'il lui aurait fallu avouer qu'il ignorait comment s'y rendre. Les îles des Floups se situaient très loin dans le Sud, là où les Hommes ne s'aventuraient jamais. Pilaf, mousse sur la *Bella-Bartoque,* n'avait pas eu l'occasion d'apprendre les routes maritimes qui y menaient, et ses premiers souvenirs, du temps où il vivait sur le *Sibélius* de Flopi, remontaient à ses cinq ans et étaient, de ce fait, fort imprécis.

Il se rendait compte de plus en plus de sa chance d'avoir à son bord trois Floups expérimentés, dans lesquels il incluait sa sœur. D'ailleurs, il lui demanderait, en secret, le trajet vers le Sud, pour ne pas avoir l'air trop ignorant aux yeux de Falop et Plofi…

Il avait tellement de choses en tête, aussi, avait-il remarqué, pensant toujours au coût à venir de la réparation. Néanmoins, chaque problème en son temps, il aurait tôt ou tard l'opportunité de voir comment il se débrouillerait pour rembourser son père, si celui-ci acceptait de lui avancer le montant des travaux. Peut-être qu'il lui laisserait le commandement du bateau pendant quelque temps... Ce ne serait pas facile, mais il envisageait plus facilement cette solution, si l'autre option consistait en la vente pure et simple du bâtiment.

À voir l'air soucieux de son fils, Falop se doutait bien un peu des pensées qui s'agitaient sous son front têtu. Mais il ne disait rien à dessein, voulant découvrir jusqu'où irait l'orgueil de son rejeton.

Il devinait que ce dernier attendrait le plus longtemps possible avant d'émettre la moindre demande, confiant en sa bonne étoile jusqu'au dernier moment, attendant qu'il se passe quelque chose, un don des cieux ou des étoiles, un événement merveilleux et inattendu qui changerait les données de la situation et le tirerait d'affaire. Mais Falop, lui, ne croyait guère aux miracles et il était prêt à fournir les indications nécessaires ou à financer l'opération.

Sans rien demander en échange, de surcroît. Après tout, c'était son fils. Tout ce qui lui restait sur terre, c'étaient ses enfants, maltraités par la vie dès leur venue au monde, puisqu'ils n'avaient jamais connu la douceur de la peau de Flanel, leur mère, son odeur, sa chaleur...

Il n'allait pas aggraver la situation en se montrant mesquin. Ayant largement de quoi payer, il paierait. Être parent, c'était aussi cela, à ses yeux. Passé les premiers sourires et balbutiements de l'enfance, il naissait un autre enfant, un adolescent cette fois, qui, avant d'être un adulte autonome, avait besoin d'aide pour se lancer dans la vie.

Pilaf n'avait que treize ans, il était cet être-là. Et lui, Falop, son père, s'apprêtait à le tranquilliser, quand Bélimbé avait pris la parole.

— On peut t'arranger ça, capitaine... Le métal, ça nous connaît. Ou les Nains, ça connaît le métal, c'est comme tu veux. Je m'occuperai du bois, et les autres, là-haut, travailleront le fer. On te fera un beau gouvernail tout neuf, d'une solidité à toute épreuve. Sois assuré que tout le monde sera ravi de te venir en aide. Mais pour ça, il faudra aborder une terre. On n'a jamais vu de forge sur un bateau...

Pendant un court instant, Pilaf crut qu'il allait exploser de joie. C'était ça, sa bonne étoile, sa chance, sa réussite dans la confiance qu'il avait en la vie. L'événement espéré, le miracle qui devait résoudre son problème, avait eu lieu. Afin d'être bien sûr de ce qu'il entendait, il précisa néanmoins :

— Mais j'aurai pas les moyens de vous payer... Du moins pas tout de suite...

— Ne t'inquiète pas pour ça, capitaine, je t'aiderai, intervint immédiatement Falop. Faut bien que les pères servent à quelque chose, fils!

— Mais c'est offert, capitaine! corrigea Bélimbé. Il n'est pas question de paiement, après tout ce que les Floups ont fait pour les Nains. Je te sculpterai même une figure de proue, je te le promets!

Pilaf rayonna. Non seulement Falop était prêt à l'aider, mais en plus, luxe suprême, il n'aurait pas besoin de son aide. Quelle chance! L'enthousiasme lui revint d'un seul coup, et c'est le cœur rempli d'ardeur qu'il participa à l'extraction du gouvernail pour le monter sur le pont et voir ce qui pouvait être bricolé dans l'immédiat comme réparation.

Le safran fut rafistolé tant bien que mal avec l'aide des Nains présents, et cela faisait maintenant presque deux jours qu'ils maintenaient le cap au sud, vers l'île de Plie.

Ils avaient un peu discuté avant de prendre cette direction, mais la crainte de se retrouver pris dans le courant des Cocos et emportés une fois de plus dans la mer des Vents morts avait beaucoup pesé sur leur décision. En effet, la réparation de fortune rendait le gouvernail peu fiable, et tous craignaient de voir les planches de celui-ci se séparer et partir à vau-l'eau.

Les Nains n'étaient plus à un jour près dans leur périple et, comme l'avait précisé Dikélédi en plaisantant : « On a plus de chances de retrouver Gaïg en mer que sur terre ! »

La jeune Naine était parfois étonnée de l'attention accordée à ses dires, et elle se sentait observée, comme si les Nains attendaient quelque chose d'elle. Mais quoi ? Elle ne savait pas plus que les autres où retrouver l'élue des dieux qui devait leur découvrir une terre…

17

En attendant, Dikélédi consolidait une amitié naissante avec Kodjo, et discutait beaucoup avec Trompe. En deux jours, cette dernière lui avait beaucoup appris sur la mer, les marins, les pirates, les Floups. En échange, Dikélédi lui avait parlé de la terre, des Nains, des souterrains et de la forêt de Nsaï. Trompe était fascinée par la précision du tir à l'arc de Winifrid.

— Si je savais tirer comme ça, on réussirait tous les abordages! Avec le *Wolf-Gang*, on n'a même pas eu besoin de s'approcher! On les a mis en fuite! Bon, pour récolter du butin, il faut aborder, bien sûr... Mais je m'entraînerai quand même! Déchirer des voiles, c'est pour les débutants! Je veux devenir aussi bonne qu'elle!

— N'oublie pas que c'est une Dryade... avait rappelé Dikélédi.

— Et alors? Qu'est-ce que ça change? Regarde Loki, il vise bien, lui aussi! Si je m'exerce…

— Ça change tout, justement, avait coupé Dikélédi. C'est une Dryade, je te dis. Elle parle avec les arbres. Et avec le bois, aussi.

Trompe la regardait, ne comprenant pas.

— Comment ça, avec le bois? Avec les arbres, oui, c'est vivant, je peux l'admettre… Mais avec le bois?

— Je ne sais pas comment elle y arrive, mais c'est la réalité. Elle dit aux flèches où elles doivent se rendre et elles y vont. C'est pour ça qu'elle ne rate jamais son tir.

— Elle… Elle parle aux flèches?

— Oui! Les flèches, avec quoi c'est fabriqué? Avec du bois!

Trompe s'était tue, le visage rêveur, visiblement subjuguée. Puis, après avoir réfléchi un moment, les sourcils froncés, elle avait repris :

— Tu crois qu'elle pourrait remettre en état le gouvernail?

C'était au tour de Dikélédi de ne pas saisir. Trompe continua :

— Le gouvernail, c'est fait avec du bois, aussi. Mais les planches sont disjointes, on n'arrive pas à les faire tenir ensemble, d'autant plus qu'il en manque une. Si elle leur dit de ne pas se séparer, on pourra arriver jusqu'à Plie, et réparer!

— Il faudrait lui demander. Mais là, elle est occupée avec AtaEnsic, tu devras attendre.

— Mais elle ne fait rien, elle somnole tout contre elle... depuis hier... et même avant, depuis la fin de la bataille...

— Tu crois qu'elle somnole. Mais elle est en union de pensée avec Loki et tous ceux de Nsaï, y compris Walig, son chêne, pour convaincre AtaEnsic de choisir la vie. AtaEnsic est très fragile, et cette flèche qui l'a atteinte, ça l'a complètement déprimée.

— Elle ne va pas mourir, tu m'as dit que les Licornes sont éternelles...

— Sauf si elle choisit de partir. Elle retournera à la clairière sacrée de Mukessemanda, *Celle-où-tout-se-décide,* mais elle sera morte. Elle n'aura plus sa forme de Licorne...

— Que peut-on faire pour elle, alors?

— Pas grand-chose, malheureusement. Ça ne dépend pas de nous. Il faut qu'elle ait envie de vivre. Si elle éprouve ce désir, elle guérira.

Trompe garda le silence, les yeux fixés sur le groupe formé par AtaEnsic, Winifrid, Loki et Mfuru. Ce dernier, très pâle, chantonnait sans relâche au creux de l'oreille de la Licorne, qui semblait très abattue.

— Allons les rejoindre, proposa Trompe. Peut-être qu'à plusieurs, on arrivera à la convaincre, alors!

Elle se leva, suivie de Dikélédi, et toutes les deux se rapprochèrent de la Licorne, qu'elles contournèrent, pour s'asseoir contre son dos. Kodjo les rejoignit, en compagnie de Do à qui elle donnait la main.

Ce dernier s'assit tranquillement à côté de Mfuru et commença à chanter lui aussi. Une mélopée très douce, quasi lancinante, mais émise d'une voix ample et assurée qui fit son effet, puisque la Licorne remua plusieurs fois les oreilles.

Les deux voix s'accordaient à merveille, profondes dans leur sourde et mâle gravité, et quand Mfuru y introduisit ces clappements de langue musclés et résolus dont il avait le secret, la Licorne bougea doucement la tête. Do sortit d'une de ses poches ces paires de lames propres au Nains, constituées de deux métaux différents, et en tendit une à son fils. La musique prit un autre tour, plus dynamique cette fois.

Mfuru donnait le rythme en faisant claquer sa langue, tambourinant doucement d'une main sur la joue d'AtaEnsic, et utilisant l'autre main pour faire vibrer ses lames à intervalle régulier. Le contraste était flagrant, entre la légèreté aigrelette du son rendu par le métal et les crépitements saccadés de bois qui brûle rendus par sa langue.

Quand Dikélédi vit la Licorne ouvrir les yeux et regarder autour d'elle, elle toucha discrètement le coude de Trompe.

AtaEnsic avait opté pour la vie.

Trompe vit Loki s'étirer en pesant de tout son poids sur le thorax de la Licorne, puis monter sur elle et commencer à la caresser derrière les oreilles, d'abord légèrement puis de plus en plus vigoureusement. Winifrid émergea de ce qui semblait avoir été un agréable rêve et promena un regard absent autour d'elle.

Trompe la regarda avec insistance pour essayer d'attirer son attention, mais la Dryade ne réagit pas. Elle était encore plongée dans le feuillage de son chêne préféré et baignait dans un océan de verdure. Il lui tardait de retrouver Nsaï et ses habitants, dont le favori entre tous.

Heureusement que Wakan Tanka avait promis de veiller sur lui. Sans la confiance invétérée qu'elle éprouvait envers le roi des Licornes, elle aurait pris depuis bien longtemps le chemin du retour.

Mais elle aurait aimé retrouvé Gaïg avant. Où pouvait bien se trouver cette dernière? Quelque part dans la mer d'Okan, certes, mais où exactement? Pourvu qu'elle n'ait pas croisé le chemin de la vilaine Sirène mâle…

Son intuition lui disait de descendre vers le sud, mais comment convaincre Pilaf? Ce dernier semblait n'en faire qu'à sa tête... Sa sœur aussi, d'ailleurs, se dit Winifrid, remarquant enfin que cette dernière la dévisageait avec insistance.

Heureusement qu'AtaEnsic avait choisi de vivre! C'était un choix salutaire, dans le désarroi ambiant, après cette bataille fulgurante sur ce bateau en difficulté.

Winifrid se leva pour faire quelques pas, afin de se dégourdir les jambes. Elle n'était plus inquiète pour AtaEnsic, le plus dur était passé, cette dernière se guérirait toute seule.

Elle fut étonnée de voir Trompe à ses côtés. Les Dryades n'avaient pas l'apanage de la vitesse, se dit-elle, les jeunes Floupes semblaient tout aussi lestes et agiles, dans leur mobilité bondissante... Elle vit Trompe échanger rapidement quelques signes avec Pilaf, mais n'eut pas le temps de demander de quoi il en retournait, puisque celui-ci s'approchait, ayant laissé la barre à son père.

— Dikélédi m'a dit que tu peux parler au bois, commença Trompe. Tu crois que tu pourrais remettre en état le gouvernail?

— Je n'en sais rien, répondit Winifrid, laissant de côté le sawyl puisqu'on ne la comprendrait pas, je peux essayer, mais je ne garantis rien. C'est du bois mort... Que veux-tu que je fasse?

— Le bois est en mauvais état, les planches risquent à tout moment de se séparer, les clous ne tiennent plus, les trous sont trop grands, et on ne peut pas diriger le bateau. Si on vire trop brutalement, ça risque de casser.

— Tout ça en même temps! Je ne suis pas magicienne, tu sais…

— Si, justement! Essaie, on verra bien…

Falop mit le bateau en panne sur l'ordre de Pilaf, et Winifrid plongea en compagnie de Trompe. Celle-ci réapparaissait deux fois plus souvent que la Dryade pour reprendre son souffle, faisant chaque fois un clin d'œil à Pilaf pour lui montrer que tout allait bien.

À travers l'eau, Pilaf voyait le corps menu de la petite-mignonne-gentille plaqué contre le gouvernail, l'enserrant de ses bras, le caressant, et peut-être même lui parlant, puisqu'elle maintenait ses lèvres contre le bois. De temps en temps, elle tapotait gentiment la coque, comme un animal géant qu'on flatte à l'encolure.

Elle rapprocha les planches qui avaient du jeu entre elles et les maintint un long moment serrées ensemble. Ce faisant, elle frottait ses pieds sur la coque et sa joue contre le gouvernail. Pilaf, pensant à la rugosité du bois, craignit des égratignures pour la Dryade. Elle risquait de récolter des échardes, si elle continuait, se dit-il. Mais il n'en fut rien, et quand un bon moment après, Winifrid refit surface, il constata que sa peau délicate et veloutée était intacte.

Quand elle remit enfin les pieds sur le pont, elle expliqua à Pilaf :

— J'ai dit à ton bateau d'aller vers le sud. C'est ce que tu voulais, n'est-ce pas ? Pour le gouvernail, ça tiendra un moment, mais c'est provisoire. J'ai essayé d'enchevêtrer les fibres du bois, mais les planches ne proviennent pas du même arbre. Il y a un phénomène de rejet entre elles. Et on ne pourra pas aller très vite.

— Va pour le sud, c'est la bonne route pour les îles des Floups. Ça prendra plusieurs jours. On écoutera les histoires de Plofi en attendant… Il a commencé à décrire à Afo les habitudes des gens de l'Est…

— Il faut compter au moins une semaine en temps normal, précisa Trompe. Mais là, même si le beau temps se maintient, on ira moins vite… Et il faudra bien mouiller en quelque part pour faire des réserves.

— Ce ne sont pas les îles qui manqueront, annonça Plofi. Plus on ira vers le sud, plus il y en aura. Mais elles ne sont pas toutes abordables…

Puis il ajouta en regardant Afo :

— Certaines sont « vivantes »…

18

Pafou était de nouveau en route vers Sondja. Dans un peu plus d'une journée, il en apercevrait les côtes. Il embarquerait alors le reste des Kikongos sur le *Debuci* et les ramènerait au pays de N'Dé.

Le premier peloton de Nains était en sécurité maintenant. Du moins l'espérait-il. Il les avait débarqués tout au long du littoral, dans de petites anses désertes, peu fréquentées par les Hommes, voire inconnues pour certaines.

Il avait été surpris par le sens de l'organisation développé par ses passagers. La vingtaine de Kikongos qu'il avait à son bord s'était divisée d'elle-même en plusieurs groupes au nombre inégal.

La première bande débarquée, celle qui aurait le plus long trajet à parcourir, comptait cinq individus. La deuxième, quatre. Ensuite, trois groupuscules composés chacun de trois personnes, et la dernière équipe, de deux.

La répartition s'était faite en fonction de l'état de santé de chacun : plus grande était la distance, plus le risque de mauvaises rencontres augmentait, et meilleure devait être la forme physique. Toutes ces décisions avaient été prises en petit comité, et Pafou n'en avait été informé qu'au moment du premier accostage.

Si la logique de la chose lui avait paru évidente quant au nombre, il l'avait moins bien perçue quant au choix par rapport à la constitution. Tous les Kikongos lui semblaient identiques, dans la même tranche d'âge, un peu fluets pour des Nains, certes, mais en assez bonne condition physique.

Pafou avait eu beau observer la dernière cellule de Kikongos, composée selon leurs dires du plus âgé et du plus jeune d'entre eux, il n'avait pas saisi l'évidence qui avait présidé à leur choix. Il s'était néanmoins abstenu de tout commentaire, estimant que les affaires intérieures de ses passagers ne le concernaient pas.

Pourtant, une amitié était née sur les flots, entre les représentants du peuple meurtri par une centaine d'années d'esclavage et les pirates floups. Ces derniers avaient écouté la narration de certains épisodes pénibles et en avaient partagé le souvenir avec patience et compassion.

Ils se sentaient proches des Nains à bord, conscients que le sort de ceux-ci avait été celui subi par certains de leurs ancêtres, avant la Grande Révolte, période noire au cours de laquelle ils s'étaient libérés de leurs oppresseurs et avaient définitivement gagné la mer.

Non que les Kikongos s'étendissent indéfiniment sur leurs malheurs, à ressasser un passé douloureux et blessant. Ils étaient bien trop traumatisés pour cela, et auraient volontiers gardé le silence sur ce qu'ils avaient enduré. Leur qualité de Nains ne les portait guère sur la plainte et le larmoiement.

Mais WaNguira leur avait expliqué que laisser les blessures se rouvrir de temps en temps, afin qu'en sortent les humeurs, était un excellent moyen de les soigner. Accepter de parler d'une humiliation, d'une perte, d'un viol ou d'un deuil, représentait le remède qui permettait d'aller de l'avant. Il fallait dépasser le silence, qui figurait un arrêt, un blocage à un moment donné du passé, pour retrouver le flux du temps, donc de la vie.

Quand il arrivait que le présent fasse surgir une anecdote ancienne, les Kikongos en discutaient, solidaires de celui ou de ceux qui s'étaient sentis atteints.

Il avait fallu que Pafou fasse allusion à sa jeunesse et à sa condition de mousse sur un bateau d'Hommes pour que les langues se délient et parlent de Sifo. Sifo, la première victime féminine sur Sondja, la sœur de Tiyoko, présent lui aussi sur le *Debuci*. Le rapport n'avait pas été mis en évidence tout de suite…

Pafou, avant d'être rejoint par Flup, puis par Flopi, sur la *Bête-au-Vent,* pour finir par s'en emparer en instituant le principe de la triple capitainerie, y était demeuré le seul mousse floup pendant un certain temps. Quand il avait été enlevé par l'équipage de la *Bête-au-Vent*, il n'avait pas encore atteint ses huit ans.

À l'époque, il avait trouvé un autre mousse sur le bateau, plutôt mal en point physiquement. Du moins en avait-il jugé ainsi sur le moment.

En effet, la petite taille du mousse, son tronc démesuré par rapport à ses jambes torses et courtes, ses bras d'enfants terminés par des mains larges et puissantes, toute son apparence laissait penser à une malformation due à des troubles de croissance, sans doute à cause de la déplorable qualité de la nourriture à bord.

Pafou l'avait d'abord considéré comme un compagnon de misère, un autre lui-même sur la *Bête-au-Vent*. En effet, l'autre était bel et bien le souffre-douleur de l'équipage, un exutoire pour la mauvaise humeur, l'énervement ou simplement l'ennui lors des interminables journées en mer, quand même les oiseaux ne sillonnent plus des ciels trop éloignés des côtes.

L'arrivée de Pafou avait à peine distrait les Hommes de leur acharnement sur le premier mousse, à qui ils imposaient des tâches bien au-dessus de son âge. Tâches que ledit mousse accomplissait avec une certaine facilité, il fallait le reconnaître. Il disposait d'une force peu commune, en désaccord avec sa taille réduite, mais conforme à sa carrure et à la largeur de ses mains. Détail curieux pour un futur marin, il détestait la mer, et l'eau en général.

Pafou, trop occupé à surveiller sa propre conduite et attentif à éviter les taloches, essayait de ne pas attirer l'attention sur sa personne. En ce sens, l'intérêt porté par les Hommes à leur bouc émissaire lui était salutaire. Mais un mystère planait pour lui sur la personnalité de l'autre, qui lui semblait tantôt enfant, tantôt adulte.

À la longue, il avait compris que celui que les matelots surnommaient par dérision Le Nain en était réellement un. Du moins à moitié, par sa mère. Son père était un Homme, ce qui expliquait la disparité de ses proportions. Déjà adulte par son père, il était encore un enfant dans le monde de sa mère.

Les Hommes ne s'étendaient jamais trop sur les origines du mousse, comme si ce dernier incarnait quelque chose d'incongru, de pas naturel, qu'on aurait dû supprimer à la naissance. À défaut de l'avoir fait à ce moment-là, ils ne se privaient pas de mettre sa vie en danger à travers les tâches les plus ardues et les punitions les plus violentes.

Mais le bonhomme était solide, il avait survécu et, avec l'âge, il résistait de mieux en mieux à ses tortionnaires. Pafou voyait venir le moment où, se révoltant, il se battrait à mort contre un de ses oppresseurs, le vaincrait et deviendrait à son tour un membre à part entière de l'équipage, héritant tout de celui qu'il avait tué, y compris son rang à bord.

Malheureusement, le futur capitaine de la *Bête-au-Vent* n'avait pas eu le temps d'assister à ce beau moment de la vie d'un mousse, celui où un de ses égaux accède au rang supérieur et se transforme en oppresseur à son tour. L'équipage avait décrété qu'on avait assez vu la face de malheur de ce monstre difforme qui avait nom Régilien et, un jour qu'il était saoul, les Hommes l'avaient jeté à la mer dans un vulgaire sac de toile, prétendant qu'il était mort.

Pafou, au risque de sa vie si on l'avait surpris, avait lâché un couteau dans le sac, ne doutant pas que Le Nain reprendrait conscience au contact de l'eau froide et aurait ainsi une chance de se libérer. Non qu'il aimât Régilien : le bougre avait déjà trop souffert dans son existence pour faire preuve de bons sentiments et paraître sympathique à quiconque. Mais la solidarité des mousses avait joué et Pafou avait accompli ce qu'il estimait être son devoir en aidant son semblable.

Il n'avait jamais revu Régilien par la suite, mais il savait qu'il s'en était tiré ce jour-là. Il avait longtemps dérivé, avec pour seule aide à la flottaison une noix de coco récupérée sur les flots, avant d'échouer sur une côte des Contrées de l'Est. Son histoire avait défrayé les conversations un moment, puis il était retombé dans l'oubli.

Pafou y avait fait allusion parce que la discussion portait alors sur les enfants hybrides, nés d'une Sirène et d'un Homme par exemple. Régilien ayant été le seul enfant métis de Nain et d'Homme qu'il eût jamais rencontré dans toute sa vie, il avait posé des questions sur lui, en racontant son histoire.

Quand il avait vu les têtes se tourner vers Tiyoko, et la pâleur du visage de ce dernier, il avait compris qu'il avait touché là un point sensible.

Pour les Kikongos présents, il ne faisait aucun doute que Régilien était le neveu de

Tiyoko, le fils de Sifo. Sifo, violée, la première à tomber enceinte, morte en couches à cause de la taille du bébé. Les Hommes avaient immédiatement enlevé le nouveau-né et l'avaient embarqué sur le premier bateau venu récupérer l'or.

Les Kikongos, alors bouleversés par le décès de Sifo, s'étaient d'autant moins préoccupés du sort de l'enfant qu'ils ne le reconnaissaient pas comme un des leurs. Les Naines, confrontées malgré elles aux aléas de leur féminité, avaient décidé qu'il ne fallait rien garder de cette époque-là et s'étaient arrangées entre elles pour que pareille situation ne se reproduise pas.

Et maintenant, tous s'interrogeaient sur le bien-fondé de ce choix. Pourtant, quand Pafou avait raconté son histoire, Tiyoko n'avait pas émis le désir de rencontrer l'Homme-Nain.

— De toute façon, c'est quoi, un enfant comme ça? À être à cheval sur deux races, on n'est ni l'un ni l'autre, tout en étant les deux à la fois.

Puis, s'adressant à Pafou :

— Tu le voyais comment, toi qui l'as connu? L'as-tu tenu pour un Nain, quand tu as appris ses origines?

— Non, ce serait mentir. Il était trop métissé physiquement pour qu'on le considère comme

tel. Mais ce n'était pas un Homme non plus…
Il avait du Nain en lui, ça s'est sûr.

— C'est à se demander ce qui fait de nous des Nains… avait émis Gombo, une des Kikongos, songeuse. Peut-être que s'il voit le Nyanga, c'est un Nain quand même…

Tous s'étaient tus, le cerveau en alerte, le cœur broyé. Dire qu'ils avaient peut-être un frère en souffrance, perdu sur un bateau d'Hommes, cherchant sa place au soleil…

Pafou avait perçu ce flottement dans les esprits et était intervenu, catégorique.

— À mon avis, n'ayant aucun contact avec le monde des Nains, il avait opté pour celui des Hommes. Il se prenait totalement pour un des leurs et je ne l'ai jamais entendu faire allusion à ses origines. J'ignore ce qui caractérise précisément le Nain, mais je sais ce qui définit l'Homme. Et Régilien, élevé tant bien que mal par des Hommes, les avait choisis pour modèles, je peux vous l'assurer! Il n'avait rien d'agréable, croyez-moi…

— Ce qui ne t'a pas empêché de le secourir quand il en a eu besoin, avait insisté Gombo. Si son chemin croise le nôtre, je ne vois pas pourquoi le rejeter d'office. Il n'est pas responsable de ce qui est arrivé, après tout…

— On peut lui laisser une chance, avait conclu Tiyoko, remué. En souvenir de Sifo…

— Si j'ai des nouvelles, je vous tiendrai au courant, avait promis Pafou. On ne sait jamais...

La conversation n'avait pas repris tout de suite, chaque Kikongo s'interrogeant en son for intérieur sur l'attitude à adopter face à ce Nain qui n'en était pas un. Les Floups, eux, étaient revenus à la réalité de la navigation et s'occupaient du *Debuci*.

Puis Pafou avait accosté dans les anses les plus discrètes qu'il connaissait, expliquant de son mieux le trajet au groupe qui débarquait.

Maintenant qu'ils allaient mettre pied à terre au pays de N'Dé, les Kikongos se sentaient anxieux et fragiles. Comment les retrouvailles se passeraient-elles ? Comment retrouveraient-ils les leurs ?

Et si des Hommes, les reconnaissaient ? Non, ils n'oseraient pas recommencer. Encore que... Dans ce cas, comment résister à l'envie de se venger personnellement en les tuant séparément, quels qu'ils soient, quand l'occasion se présenterait ? Faire subir à ces Hommes le même sort que celui qu'ils avaient enduré, y compris les femmes et les enfants ?

Kikongos comme Floups se rendaient compte, à travers leurs discussions, que le présent n'effaçait pas le passé. Ce qui avait été, demeurait, plus ou moins enfoui dans la conscience, prêt à ressurgir à la première occasion. La souffrance avait l'art de réapparaître, aussi violente que dans les pires moments de son existence. Elle était simplement plus brève, se laissant estomper par la réalité ambiante, avant de retomber dans une frêle latence, trop facile à briser.

Seule la réalisation en cours de la prophétie les exhortait à la patience. Une fois que la terre promise serait découverte, tout le reste compterait de moins en moins, avant de sombrer dans l'oubli.

19

Pilaf n'était pas au rendez-vous. Cela faisait deux jours que Flopi cabotait à l'ouest de la mer des Vents morts, tirant des bordées du nord au sud, d'est en ouest, afin de multiplier les chances de rencontres. Point de Pilaf en vue, aucune *Bella-Bartoque* à l'horizon.

Flopi avait atteint les limites suggérées par la longue expérience des Floups en matière de navigation. Il était évident qu'on ne pouvait jamais se fixer un moment précis pour se rencontrer sur la mer, et la bienséance tolérait, selon la distance, bien sûr, jusqu'à deux jours de battement, avant qu'on puisse parler de retard ou d'absence.

Les deux jours étaient passés, et Flopi réfléchissait aux multiples raisons pouvant expliquer l'absence de Pilaf.

En premier lieu venait la pire : l'attaque des marins des Contrées de l'Est et leur victoire pure et simple. Mais Flopi ne pouvait se faire à l'idée de la *Bella-Bartoque* sombrant corps et âmes dans la mer d'Okan, avec ses amis et son chargement de Nains…

Falop et Plofi n'étaient pas des débutants, Trompe pouvait faire preuve d'une hargne et d'une rouerie toute floupe en matière de lutte, Pilaf n'était pas né de la dernière pluie et, pour autant qu'il sût, les Nains non plus n'étaient pas des anges quand ils s'y mettaient. Ce qui signifiait que les forces en présence étaient équivalentes.

Donc, aucune raison pour que les occupants de la *Bella-Bartoque* aient perdu la bataille. Mais il y avait peut-être des blessés, ou des morts. Ce qui n'expliquait pas un tel délai. Le capitaine aurait rendu les derniers hommages aux trépassés puis aurait repris la route avec ses blessés à bord.

Restait l'avarie, de quelque nature que ce soit, mais suffisamment importante pour justifier une absence. Et Flopi se demandait, si cette dernière raison était la vraie, quelle direction Pilaf avait prise. Si ce dernier, arrivant par le sud, avait opté pour l'ouest et le pays de N'Dé, Flopi l'aurait croisé.

Le nord? Il n'y avait rien là-bas. L'est? Encore des Hommes? Il serait allé affronter ces brutes assoiffées de biens et de plaisirs, ces esclavagistes qui ne faisaient pas de différence entre un Floup et une machine? Sûrement pas… Restait le sud, avec la perspective d'atteindre, très loin, les îles colonisées par ses semblables.

Lointains, jamais peuplés par les Hommes, ces archipels représentaient le royaume des Floups. Les Hommes ne s'y étaient encore jamais aventurés quand les Floups, en fuite à cause de l'esclavage auquel on voulait les soumettre, les avait découverts. Ils en avaient pris possession, faisant semblant d'abandonner les terres habitées à leurs oppresseurs, mais y gardant, en secret, des territoires cachés et inaccessibles autrement que par mer.

En réalité, les Floups étaient partout sur la mer et sur la côte. Ils avaient volontairement laissé s'amplifier la légende de paradisiaques îles méridionales, dans lesquelles ils cachaient leur butin, quand ils ne le gaspillaient pas au vu et au su de tous, par esprit de provocation.

Flopi était persuadé que c'était la direction prise par Pilaf. Le jeune chenapan voudrait informer les Floups de son retour parmi eux, montrer son bateau, le remettre en état et, si avarie il y avait, c'était encore le meilleur endroit pour réparer celle-ci.

Mais les îles étaient nombreuses, dans le Sud. La plus grande, avec les plus grands chantiers navals, c'était Flétan, où était né le *Sibélius*. Mais il y avait aussi Plie, Flet, Liche, Silure, Capelan, Sole, Omble, et tant d'autres... Laquelle choisirait Pilaf? Ou plutôt, Falop, Trompe et Plofi? Parce que, se disait Flopi, il y avait peu de chances que le garnement se souvienne encore de leur position. Encore que... Il avait du répondant, le galapiat!

Flopi décida, par prudence, d'effectuer un tour complet de la mer des Vents morts avant de prendre la direction du sud, et il allait donner des ordres quand Plifo apparut à la porte de la cambuse, un couteau à découper géant dans une main, un couperet non moins géant dans l'autre, hurlant à la cantonade :

— Si j'attrape le voleur qui se sert lui-même dans mes réserves, j'en fais de la confiture pour les autres!

Flopi dressa l'oreille, intrigué. Jamais un Floup du *Sibélius* ne se serait risqué à porter atteinte aux réserves de Plifo. Pas seulement par peur des représailles, terribles, sans aucun doute. Mais la nourriture ne manquait pas à bord et, en cas de petit creux à l'estomac, il suffisait de passer saluer Plifo et de le féliciter bassement sur ses talents de cuisinier. La récompense était immédiate, sous forme culinaire, bien évidemment, gastronomique, même, aurait corrigé Flip.

Plifo dut lire les pensées qui traversaient l'esprit de Flopi au même moment, parce qu'il ajouta :

— Et je ne me trompe pas dans mes comptes! Je suis sûr de ce que j'avance!

« Allons, bon, se dit Flopi, deux points pour lui. Non seulement il ne perd pas la tête, mais en plus il lit dans mes pensées! Mais qui, alors? »

En temps normal, un des Floups se serait dénoncé, avançant humblement le prétexte de l'absence de Plifo sur les lieux, pour expliquer qu'il avait osé se servir lui-même. Il aurait promis de ne pas recommencer, alléguant le mauvais goût des aliments non cuisinés par Plifo, et comment il avait mal digéré, et combien il regrettait d'avoir agi aussi légèrement.

La chose aurait fini en plaisanterie, la tyrannie exercée par Plifo sur les réserves du bord étant compensée par la succulence des mets préparés. Mais ces situations étaient rares, la faim ne régnant pas à bord.

Flopi se dit qu'il faudrait avoir l'œil puis il donna les ordres pour entamer son tour de la mer des Vents morts, en quête de Pilaf.

* * *

Gaïg, sous son canot, n'en menait pas large. Non seulement elle se sentait de plus en plus à l'étroit dans sa prison, ne pouvant s'empêcher de bouger en quête d'une improbable meilleure position, mais elle avait tout entendu.

Il lui restait encore quelques fruits, mais elle avait eu plus tôt l'intention de tenter une sortie de nuit pour renouveler ses provisions. Sortie qu'elle avait immédiatement annulée, le cuisinier ayant remarqué qu'on avait puisé dans ses réserves. Ce qu'elle ne comprenait pas, c'était qu'il ait mis tant de temps à s'en rendre compte.

Et maintenant qu'elle ne pouvait plus compter sur la nourriture du bord, allait-elle mourir de faim? Pourtant, elle n'avait pas pris tant de fruits et légumes que ça…

Quand la lumière se fit dans son esprit, elle sursauta, au point de se cogner la tête contre la planche qui servait de banc en usage normal. Et la colère apparut immédiatement. C'était l'autre, l'Homme caché sous la barque, qui était allé se servir et qui avait éveillé l'attention du cuisinier! Le goinfre!

Cet avale-tout devait avoir faim, depuis le temps qu'il était caché sous son canot, et il avait dû se servir copieusement. Quel glouton! Oh, le goulu! Elle ne disposait pas d'assez de mots pour qualifier ce vil rat vorace qui allait les faire prendre tous les deux.

À cause de lui, elle aurait faim, et ne pourrait plus dérober la moindre miette. Pourquoi était-il là, d'abord? Si elle l'avait pu, elle l'aurait dénoncé aux Floups immédiatement!

Depuis le temps qu'elle se morfondait dans sa geôle, elle ne ressentait d'indulgence pour personne. Elle n'avait d'ailleurs qu'une envie : sortir, sortir, sortir. Plonger, se baigner, bouger, et même parler. Au lieu de cela, elle était condamnée à une quasi-immobilité, génératrice d'engourdissements, d'ensommeillement, de chaleur et de froid selon le moment de la journée, et de soif, surtout.

Elle se sentait complètement déshydratée et aurait donné n'importe quoi pour une carafe d'eau, pour un seau, même, ou la mer tout entière. Elle essayait d'économiser ses provisions et suçait longuement les noyaux des fruits qu'elle consommait, mais elle savait qu'elle ne tiendrait plus très longtemps.

Elle avait quitté son canot un moment les nuits précédentes, mais la peur de se faire prendre avait limité ses sorties dans le temps comme dans l'espace. Elle avait pu néanmoins s'abreuver à un tonneau placé sur le pont à la disposition de l'équipage, mais auquel elle n'avait malheureusement pas accès pendant la journée.

Il fallait qu'il se passe quelque chose, elle ne pouvait continuer ainsi.

LEXIQUE

Affé : Nain, un des cinq enfants de Mama Mandombé, à l'origine d'une des cinq grandes familles de Nains. Emblème : la sphère, représentée à plat par un cercle.
Afo : Naine, sœur jumelle de Keyah. Amie de Bélimbé le sculpteur.
Aïmana : le monde de la réalité chez les Sirènes.
Aïmata : le monde du rêve chez les Sirènes.
Amadeus : bateau de marchands pirates des Contrées de l'Est qui recueille Gaïg en pleine mer.
Arana : monstre des eaux chez les Sirènes, équivalent de la TicholtSodi chez les Licornes, de la Vodianoï chez les Nains, et de la Nahia chez les Salamandars.
Aroha : Sirène femelle, surnommée La Farouche par Gaïg.
AtaEnsic : Licorne femelle ayant perdu sa corne, amie de Mfuru.

Baalââ : langue sacrée des Nains.
Babah : Nain, ami de Mukutu.
Bélimbé : Nain, sculpteur gnahoré, ami d'Afo.

Bella-Bartoque : bateau de Pilaf.
Bête-au-Vent : premier bateau de Flopi.

Cabeçada : nom donné au coup de tête dans la florinette.
Capelan : île floupe.
Cocos (courant des) : courant marin.
Contrées de l'Est : territoires lointains, à l'est de la mer d'Okan.

Debuci : nom du bateau de Pafou.
Dikélédi : jeune Naine, fille de Doumyo et Mvoulou. Née dans la forêt de Nsaï, à la suite d'une farce de Pookah.
Disparitions (mer des) : nom donné par les Sirènes à la mer des Vents morts.
Do : Nain Kikongo, époux de Macény, père de Mfuru. Devenu WaNdo à la mort de WaNgolo.
Dryades : jeunes filles de la forêt de Nsaï, dont la vie est reliée à un arbre, le plus souvent un chêne.

Faïmano : domaine sous-marin des Sirènes, entouré par les îles du même nom.
Falop : pirate floup. Père de Pilaf et Trompe.
Fé : Nain de la tribu des Gnahorés, ami de Bélimbé.

Flanel : femme floupe. Épouse décédée de Falop, mère de Trompe et Pilaf.
Flet : île floupe.
Flétan : île floupe.
Flip : pirate floup, aide cuisinier sur le Sibélius.
Flopi : Floup, capitaine du Sibélius.
Floreio : aspect artistique de l'ensemble de la florinette, à travers la légèreté du corps, la fluidité des déplacements, la grâce des mouvements.
Florinette : art martial floup, aux apparences de danse, reposant sur l'utilisation des jambes et des pieds au lieu des mains.
Floups : êtres de taille inférieure aux Nains, devenus pirates et ennemis des Hommes qui avaient voulu les asservir.
Flup : pirate floup. S'est emparé de la *Bête-au-vent* avec Flopi et Pafou.
Foutibon : marin à bord de l'*Amadeus*, ami de Gaïg. De son vrai nom, Gilliatt.

Gaïg : fille, âgée maintenant de onze ans. Appelée **Wolongo** par les Nains en baalââ ou **ToneNili** par les Licornes, en tawiskara. Les deux noms signifient *Fille de l'eau*. **Itia** pour les Sirènes.
Garin : Homme qui a recueilli Gaïg avec Jéhanne.

Gilliatt : Homme sauvé par Heïa. Père de Gaïg. Marin à bord de l'*Amadeus,* sous le nom de Foutibon.
Ginga : pas de base dans la florinette qui consiste à se précipiter rapidement sur l'adversaire comme si on allait attaquer pour se retirer aussitôt en reculant.
Gnahoré : Nain, un des cinq enfants de Mama Mandombé, à l'origine d'une des cinq grandes familles de Nains. Emblème : le cône, représenté à plat par un cercle surmonté d'un triangle.
Golpes : façon d'asséner les coups dans la florinette.
Gombo : Naine, Kikongo.
Grande Révolte : période noire au cours de laquelle les Floups se sont libérés de leurs oppresseurs et ont définitivement gagné la mer.

Heïa : Sirène de la Lignée sacrée. Fille de Vaïmana l'Ancienne, mère de Gaïg qu'elle pensait prénommer Itia.
Hommes : êtres humains, de grande taille, peuplant la surface de la terre.

Iolani : Sirène mâle de la Lignée sacrée.
Itia : nom donné à Gaïg par sa mère, Heïa. Signifie la *Petite-fille-messagère-blanche*.

Jéhanne : femme qui a recueilli Gaïg avec Garin.

Keyah : Naine de la tribu des Lisimbahs. Sœur jumelle d'Afo. Amie de Fé.
Kikongo : Nain, un des cinq enfants de Mama Mandombé, à l'origine d'une des cinq grandes familles de Nains. Les Kikongos sont surnommés les Nains des sables. Emblème : la pyramide, représentée à plat par une étoile à quatre branches.
Kodjo : jeune Naine de la famille des Kikongos.

La Courageuse : Surnom donné à la Sirène Tahitoa par Gaïg.
La Farouche : Surnom donné à la Sirène Aroha par Gaïg.
Le Courtaud : Surnom donné à Régilien par Gaïg.
Liche : île floupe.
Licornes : créatures vivant dans la forêt de Nsaï, semblables à des chevaux portant une corne unique au milieu du front. Cette corne, torsadée chez les femelles, a la propriété d'absorber les poisons.
Lisimbah : Nain, un des cinq enfants de Mama Mandombé, à l'origine d'une des cinq grandes familles de Nains. Emblème : le cube, représenté à plat par un carré.

Loki : Pookah.

Macény : Naine, mère de Mfuru, épouse de Do
Mama Mandombé : la Déesse magnifique, mère de tous les Nains à travers ses cinq enfants, (Gnahoré, Kikongo, Lisimbah, Pongwa, Affé) aussi surnommée la Reine des Nains par Gaïg.
Médor : Homme, matelot sur l'Amadeus.
Mfuru : Nain. Son nom signifie *la Tortue* en baalââ. Ami d'AtaEnsic.
Moana (océan) **:** nom de la mer d'Okan chez les Sirènes.
Mukessemanda, *Celle-où-tout-se-décide* **:** clairière sacrée au cœur de la forêt de Nsaï.
Mukutu : Nain, chef de la tribu des Lisimbahs. Père de Nihassah.
Murène-étoilée : surnom de Shitaké.

Nahia : équivalent, chez les Salamandars, de l'Arana chez les Sirènes et de la Vodianoï chez les Nains.
Nains : êtres humains caractérisés par leur petite taille et leur habitat cavernicole.
N'Dé (pays de) **:** pays d'origine de Gaïg. Ewe-Lani pour les Sirènes.
Nihassah : Naine, amie de Gaïg. Fille de Mukutu et de Batuuli.

Nsaï (Forêt de) : forêt où vivent les Dryades et les Licornes.
Nyanga : Minerai sacré. Signifie *soleil* en baa-lââ.

Okan (mer d') : mer baignant des côtes orientales du pays de N'Dé.
Oko (monts d') : les Nains y ont trouvé refuge après le Premier Exode.
Omble : île floupe.
Onaku (baie d') : anse en face du village de Gaïg.
Otahi : la Première Sirène. Aïeule de Gaïg. Fille d'Olokun et de Mama Mandombé, s'appelle Yémanjah chez les Nains.

Pafou : Floup. Capitaine du *Debuci*.
Papus : Homme, matelot sur l'*Amadeus*.
Pastina : Floup.
Pierre des voyages : en Akil minéral. Elle permet de comprendre les différentes langues, même celles en signes.
Pilaf : jeune pirate floup. Fils de Falop et frère jumeau de Trompe, enlevé par les Hommes à l'âge de cinq ans. Capitaine de la *Bella-Bartoque*.
Plie : île floupe.
Plifo : pirate floup, cuisinier sur le Sibélius.
Plofi : pirate floup, grand raconteur d'histoires.

Poemoana : la *Perle de l'océan*, ou *Roche-qui-enfante-les-filles*.
Pongwa : Nain, un des cinq enfants de Mama Mandombé, à l'origine d'une des cinq grandes familles de Nains. Emblème : l'œuf représenté à plat par une ellipse avec un cercle à l'intérieur.
Pookah : lutin des bois, plaisantin et farceur.
Potini : poulpe à sept tentacules et demi, vivant dans la baie d'Onaku.
Pylore : Homme, capitaine de l'*Amadeus*.

Ranitaké : nom de la Reine des Murènes.
Régichien : Surnom donné à Régilien par Gaïg.
Régilien : Homme, marin sur l'Amadeus, surnommé Le Chauve par Gaïg.
Roche-qui-enfante-les-filles : autre appellation de la Poemoana.
Roda : figure de la florinette où les combattants s'entraînent au milieu d'un cercle formé par leurs compagnons qui chantent en tapant dans les mains.

Saké : Murène.
Salamandar : créature amphibie peuplant les souterrains. Les Salamandars sont réputés pour leur intelligence fine et aiguë.
Sangoulé : chaîne de montagnes. Pays d'origine des Nains, abandonné pour les monts

d'Oko lors du Premier Exode, à cause de l'activité volcanique qui s'y est développée.
Sawyl : langue des Dryades.
Shitaké : Murène. Amie de Vaïmana l'Ancienne. Surnommée la *Murène-étoilée*.
Sibélius : bateau de Flopi.
Sifo : Naine de la tribu des Kikongos, mère de Régilien, sœur de Tiyoko.
Silure : île floupe.
Sole : île floupe.
Sondja : île sur laquelle les Kikongos ont été maintenus prisonniers par les Hommes pendant plus d'un siècle. Son nom signifie *Terre-du-désespoir-absolu*.
Spongia Magna : créature sous-marine apparentée à une éponge.

Tahitoa : Sirène femelle. Surnommée La Courageuse par Gaïg.
Takakoké : Murène.
Tamateva : Sirène femelle. Mère de Vaïmana l'Ancienne et de Manutahi. Grand-mère d'Heïa.
Tawiskara : langue des Licornes
TicholtSodi : équivalent, chez les Licornes de l'Arana chez les Sirènes et de la Vodianoï chez les Nains.
Tiyoko : Nain de la tribu des Kikongos, frère de Sifo.

Trompe : pirate floup, de sexe féminin. Fille de Falop et sœur de Pilaf.
Txabi : bébé salamandar confié à Gaïg par sa mère, Maïalen.

Vaïmana : Sirène très âgée, surnommée *Vaïmana l'Ancienne*. Grand-mère de Gaïg. Sœur de Manutahi et fille de Tamateva.
Vents morts (mer des) : mer intérieure, sans côtes, cernée par le courant des Cocos, dans laquelle les vents ne soufflent pas.
Vodianoï : créature aquatique repoussante, dégageant une forte odeur de putréfaction. La morsure de la Vodianoï est généralement mortelle.

Wakan Tanka : Roi des Licornes. Signifie *Dieu Suprême*, en tawiskara.
Walig : chêne allié à Winifrid, dans la forêt de Nsaï.
WaNdo : Nain. Époux de Macény, père de Mfuru. S'appelait Do avant de devenir grand prêtre des Kikongos à la mort de WaNgolo.
WaNguira : Nain, grand prêtre des Lisimbahs.
Winifrid : Dryade, alliée du chêne Walig.
Wolf-Gang : bateau de marchands pirates qui faisait voile avec l'*Amadeus*.

Yémanjah : signifie, en baalââ, *Mère-dont-les-enfants-sont-des-poissons*. Fille de Mama Mandombé, qui est l'esprit de la Terre, et de son frère, Olokun, qui est l'Esprit de l'Eau. Première Sirène. Aïeule de Gaïg.
Ysengrin : Homme, matelot sur l'*Amadeus*.

TABLE DES MATIÈRES

Prologue	11
Chapitre 1	13
Chapitre 2	27
Chapitre 3	39
Chapitre 4	51
Chapitre 5	67
Chapitre 6	77
Chapitre 7	91
Chapitre 8	107
Chapitre 9	123
Chapitre 10	137
Chapitre 11	151
Chapitre 12	163
Chapitre 13	177
Chapitre 14	189
Chapitre 15	199
Chapitre 16	211
Chapitre 17	223
Chapitre 18	231
Chapitre 19	243
Lexique	251

Ce livre a été imprimé sur du papier contenant 100 %
de fibres recyclées postconsommation, certifié Écolo-Logo
et Procédé sans chlore et fabriqué à partir d'énergie biogaz.